我是把思想倒出来。所谓新陈代谢，那继下来。

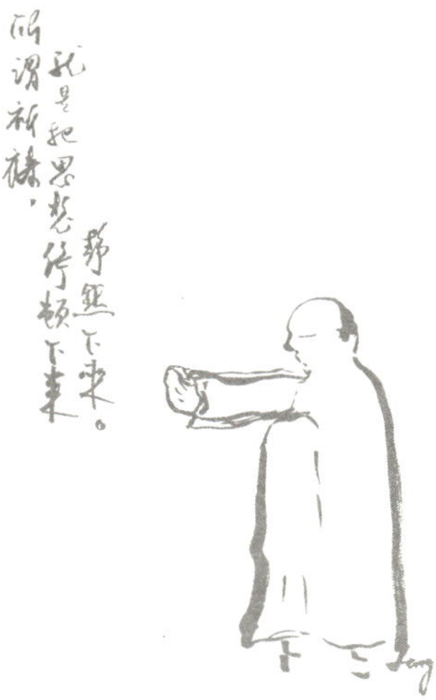

一个医生的诗书

郎景和 / 著

生活·讀書·新知 三联书店

图书在版编目（CIP）数据

一个医生的诗书／郎景和著. —北京：生活 · 读书 · 新知三联书店，2019.3
ISBN 978－7－108－06313－7

Ⅰ. ①一… Ⅱ. ①郎… Ⅲ. ①中国文学－当代文学－作品综合集 Ⅳ. ① I217.2

中国版本图书馆 CIP 数据核字（2018）第 101170 号

责任编辑　唐明星
装帧设计　刘　洋
责任校对　龚黔兰
责任印制　宋　家
出版发行　生活·讀書·新知 三联书店
（北京市东城区美术馆东街 22 号 100010）
网　　址　www.sdxjpc.com
经　　销　新华书店
印　　刷　河北鹏润印刷有限公司
版　　次　2019 年 3 月北京第 1 版
2019 年 3 月北京第 1 次印刷
开　　本　635 毫米 × 965 毫米　1/16　印张 13
字　　数　153 千字　图 80 幅
印　　数　00,001－10,000 册
定　　价　58.00 元
（印装查询：01064002715；邮购查询：01084010542）

目录

春和景明，波澜不惊

一

哲思录

沉思

关于爱情

一首佚名诗：“我只是看见她（他）走过我身边，但是我想念她（他）直到我死的那一天。”

也许没有人知道这令人难忘的两行字是谁写的，或者是写给谁的。

或者我们完全可以借过来送给谁——不是借过来，是同样情愫的表白。

爱情小说

真正传世的、动人的、不朽的爱情小说，都没有幸福美满的结局。

爱情与做爱

做爱是爱情的一种表达，也可以完全不是，乃为“动物本能”。

有爱情，可以做爱；没爱情，也可以做爱。

没爱情，可以不做爱；有爱情，也可以不做爱。

但在做爱当时（不计前后），爱情的成分最少。

爱欲

仅仅将其理解为爱之欲望，乃是大错特错了。爱和欲有别矣！欲是感情释放，爱是感情升华；爱应深入，欲则浅进。

不要把爱都说成是欲，也不要把欲都理解为爱。

书房，夜读

案头

思索是快乐的，

写作是痛苦的，

完成是舒畅的。

白云

白云飘逸，白云舒卷，白云如海，白云似仙……

白云给人许多遐想、许多梦幻、许多赞美、许多慨叹……

但白云让我们懂得了往来无常、多愁善感。

半

五成为一半，六十可及格，足矣！

半多为贬义，典型的是“半瓶醋”“半途而废”，所谓“行百里者半九十”……

但半也有半的好处，半自有半的用处。

“一半深沉（认真），一半天真（随缘）。”多么美好！

“人生一半在于我，另外一半听自然。”多么坦然！

半聪明半糊涂，半愚钝半圣贤。

半拼搏半自安，半江湖半神仙。

岂不妙哉！

本领和脾气

脾气随本领的增加而增加，通常如此。

最欣赏有本领、没脾气的。

最害怕没本领、有脾气的。

有本领、有脾气与没本领、没脾气都可以理解和接受。

伯乐与马

常言道，伯乐识马。

又有言道：被伯乐发现之前的马，才是真正的好马。

故，伯乐有功，他发现了好马；伯乐有过，他可能毁掉了好马。

关于成功

我们要避免把幸运的成功习惯性地归功于自己的“聪明”和“智慧”。

成功

真正不损人而获得者极少。

进步靠对手，成功靠朋友。

小成功靠朋友，大成功靠对手。

小成功要苦难，大成功要灾难。

君子让我们成长，小人让我们成熟，

得到快乐更是成功。

不过，有的成其功，有的成其过。

禅

其玄妙之处在于“虚”“空”“了”三字：虚而淡泊，空而透彻，了而知足。于是达真，求善，完美。

于是，成佛矣！

承诺

像是包馅的饼，多数迟早都要露馅：或者自己把它剥开，或者别人把它弄开。只有少数情况下，自己将其完整吞下。

床

醒时同声、睡时异梦的诺亚方舟。
睡觉之处，做梦之处，温柔之处；
养病之处，疗伤之处，孤独之处；
怀念之处，反刍之处，思痛之处；
筹谋之处，技穷之处，阴笑之处。

少年溺尿遗精于此；
青年纳头便睡于此；
壮年辗转反侧于此；
老年浑身不安于此。
我们生在此处，长在此处，死在此处。

礁与岛

凸现水上谓之岛，沉没水下谓之礁。胜者为王，败者为寇。

关于等

等是生命和生活的一部分。
等是一种人生哲学、一种心态、一种信仰、一种期盼，更是一种努力。
等待是有智慧的。

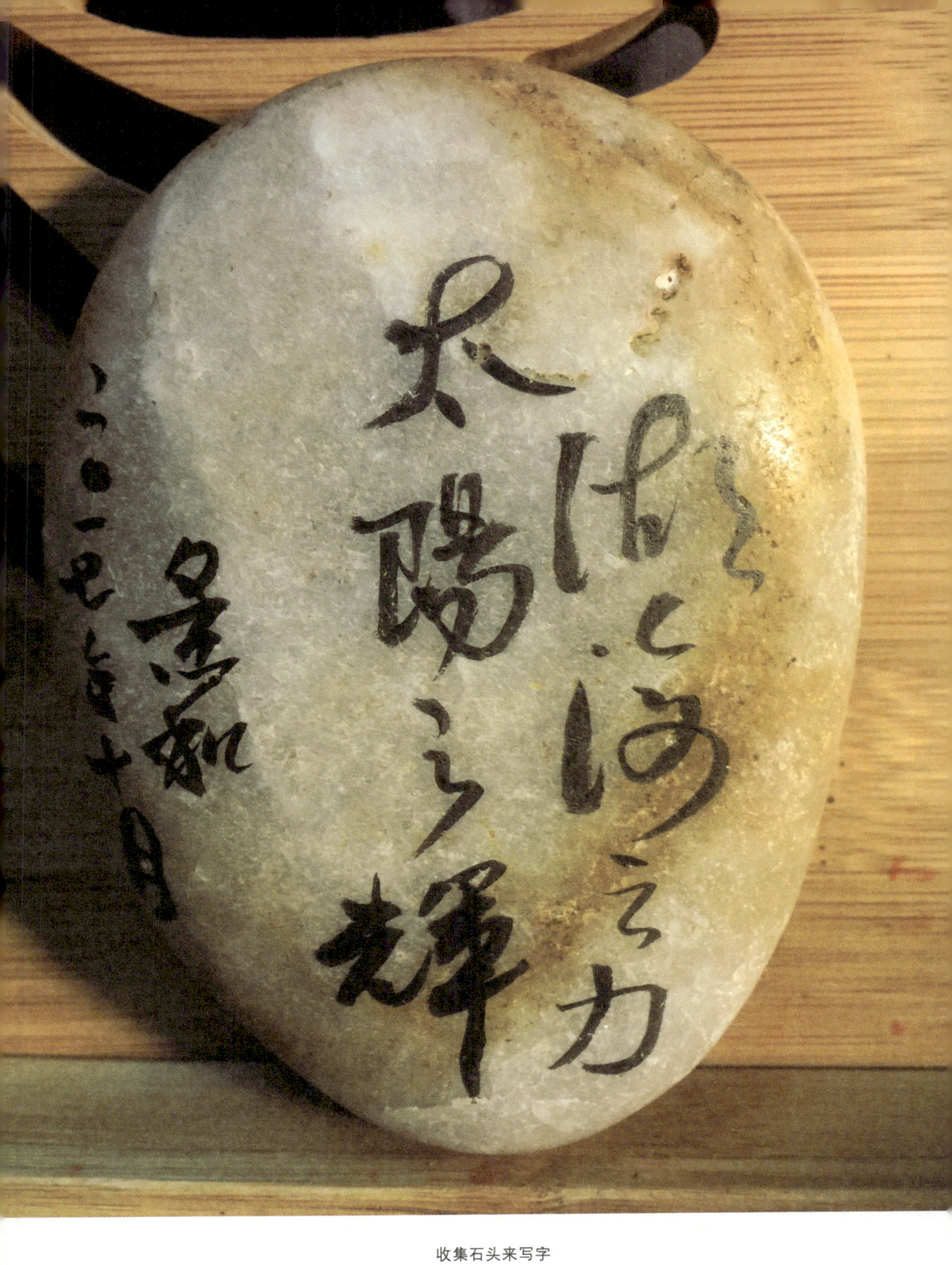

收集石头来写字

“能等待什么呢？要等待到什么时候呢？”把它当作指示命题吧！

等候的人常常不来，等候的事常常不到，我们依然要等待。

关于钓

不是人逗鱼，而是鱼逗人，或者双方互相逗着玩。

不是鱼总是输家，大概是各占50%——空手而归的不少。

鱼输在一个“贪”字上，人也赢在一个“贪”字上。

你诱惑我，我诱惑你；你逗我玩，我逗你玩；你挣扎着，我也挣扎着……

你是鱼，我是人？我是鱼，你是人？

谁钓谁？

关于读

一辈子在读：读书、读人、读社会……

读真诚，读虚伪；

读美丽，读丑陋；

读善良，读凶恶；

读别人，读自己。

读懂？读不懂？

风

去读宋玉的《风赋》吧。那毕竟还是自然的风。

还是杜威说得好：精神的风，想吹到哪儿，就吹到哪儿。

收集铃铛送吉祥

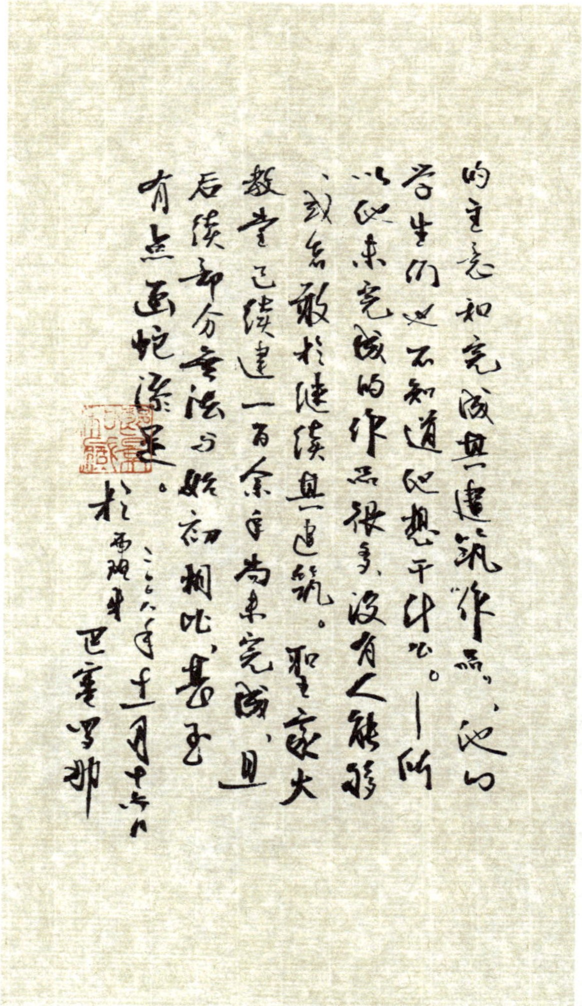
的主意和完成其建筑作品，他的
学生们也不知道他想干什么。——所
以他未完成的作品很多，没有人能够
、或者敢於继续其建筑。圣家大
教堂已续建一百余年尚未完成，且
后续部分无法与始初相比，甚至
有点画蛇添足。

於西班牙
二〇〇八年五月十六日
巴塞罗那

建筑与设计的断想

都说蜜蜂是非常能建筑蜂巢的，

而建筑师是先有设计，而后完成建筑的。

试问：

◎ 你们不是蜜蜂，焉知她们（比如蜂皇）没有设计呢？

◎ 而现代艺术及建筑大师安东尼·高迪就是一边修建一边设计。

他与上帝"对话"，随时更改，形成自己

蜂巢

恩格斯曾说，蜂巢固然很精美，但再笨拙的工程师也远胜于蜜蜂。因为建筑工程师是先有设计，而后完成建筑的。蜜蜂则是本能使然。

以前，对伟大导师的话笃信不疑。后来通过读庄子和惠子的“濠梁对话”，以及其他一些事，倒生出质疑来了：

你也不是蜜蜂，焉知他们（比如蜂王或工蜂们）没有设计呢？

就连伟大的西班牙艺术及建筑大师安东尼·高迪有时也是一边修建一边设计的。他与上帝“对话”，随时更改自己的主意和完成其建筑“作品”。学生们也不知道他想干什么。所以他未完成的作品很多，没有人能够，或者敢于继续其建筑。

圣家族大教堂已续建百余年，至今仍未竣工（听说修好了？），且后续部分无法与始初相比，甚至有点画蛇添足。

奉献

把忠诚的心掏出来给亲爱者，
把鲜活的肾割下来给尿毒症患者，
把炽热的血抽出来给休克者，
把完整的骨架剔出来给医学院和美术学院的研究者，
把其余的一切都化成灰烬撒向天空、陆地、江河、海洋
——回归生命的缔造者。

搞

一个最多义、最常用、最有用的动词，似乎至今没有能将其搞清楚。

可以说，几乎任何一个动作都可以用“搞”来搞定。

最常见的意思是各种做（do/make），从搞顿饭、搞对象，到“搞破鞋”（北方俗语里是乱搞男女关系之意）都可以用。不信，你可以试试。

其次是举行、实施、从事、掀起（hold/produce/engaged/carry out），从搞运动、搞明白、搞团结，到搞分裂都可以用。不信，你可以试试。

也可以是捉弄、得到、促成、启动、推进（play/set up/go/start），从搞阴谋诡计、搞臭、搞糟、搞砸，到搞通、搞精、搞好，都可以用。不信，你可以试试。

还有不少动词，包括英文的十二个常用的动词，都可以用“搞”来搞定。

伟大的中文！伟大的“搞”！

割礼

其实是一种宗教礼仪，小时将男孩的阴茎包皮环切一部分。

医疗上，对包茎或包皮过长者施行部分包皮环切术。

宗教很神秘，医疗很凡俗。

伊始虽迥异，殊途而同归。

主义有不同，前方是彼岸。

哈欠

尽可能地张大嘴巴，吸入少许的兴奋，呼出最多的疲惫。

和吼叫不同，它没有声音；和歌唱也不同，它没有那么愉悦。

关于家

可以随便说话、可以随便吃零食、可以随便穿衣服、可以随便放屁的地方。如果连这些都不能随便，那么这个家肯定有什么问题了。

家谱

简单的遗传基因图，密码是姓名。

江湖

江湖，江湖，打浆糊。
火轻，不黏糊；
火重，则焦煳。
原料，火候，人操练，
简单之元素，搅好挺困难。

江湖，江湖，只见飘旗旌。
总有作浪，总有兴波。
怎能安生？怎能干净？
最好信步，胜似闲庭。

关于“境界”

（一）

可以有长、宽、高之三线，合成而为范围和境界。人生之境界如何？冯友兰先生有“四种境界”之论：

第一种境界——动物的生存本能；

第二种境界——功利竞争；

第三种境界——圣贤之思；

办公室留影

第四种境界——天地之念。

思之，反省之，不免战栗！我等相当原始，难怪不能脱俗。

（二）

国学大师王国维在《人间词话》中写道：

古今之成大事业、大学问者，必经过三种之境界：

“昨夜西风凋碧树，独上高楼，望尽天涯路”，此第一境也。“衣带渐宽终不悔，为伊消得人憔悴”，此第二境也。“众里寻他千百度，蓦然回首，那人却在灯火阑珊处”，此第三境也。

（三）

外科医生的三个境界：

得艺——自我感觉不错，已登堂入室，基本熟练掌握相关技术；

得气——得心应手，畅达顺应，知进知退，游刃有余；

得道——有规有矩，升华神助，应急创新，独树一帜。

得艺、得气乃为匠人，得道乃成大师。

然“十年磨一剑，百年难成仙”矣！

科学家与诗人

在徐迟写的《哥德巴赫猜想》发表之前，没有什么人知道数学家陈景润和他的数学。而今徐迟和陈景润都去了，好像依然没有什么人懂得哥德巴赫猜想。

每一位真正的科学家都知道，他的种种科学遐想，实际上都是些朦朦胧胧的诗意盎然的预感；而每一位真正的诗人也知道，他那些朦朦胧胧的预感实则只是一些尚未验证的科学或哲学。

徐迟知道了陈景润的预感吗？陈景润理解徐迟的诗意吗？

希望他们都有诗人的气质和科学家的风度。

抹布

清洁工人师傅告诉我，抹布应洗净再去擦，墩布应涮净再去拖。不要以为反正去擦脏地方，就不在乎本身是否干净。若自己不干净，也清洁不了别处。——谢谢工人师傅！

玛丽莲·梦露

永远的性感明星。虽然人们对她褒贬不一，但是没有人不喜欢她。她的放浪和她的美貌一样暴露无遗，让男士无法抗拒。其实，人们并不了解她。梦露自己都说："男人们愿意花大钱买我一个吻，却没有人愿意花 50 美分了解我的灵魂。"

女人

她给男人爱与恨、宠与辱、功与过、快乐与痛苦、成功与失败、英雄与犯罪…… 她不是男人的一半，可能只是一点点，却也可能是全部。她可以让你得到一切，也可以让你丧失一切。

人格

应该是：

不大不小，不远不近，

不深不浅，不清不浊，

不冷不热，不卑不亢，

不美不丑，不高不低，

诗言志
歌咏情
字行气

故气乃生命力之体现，书贵於
生动矣。

二〇〇六年吴然

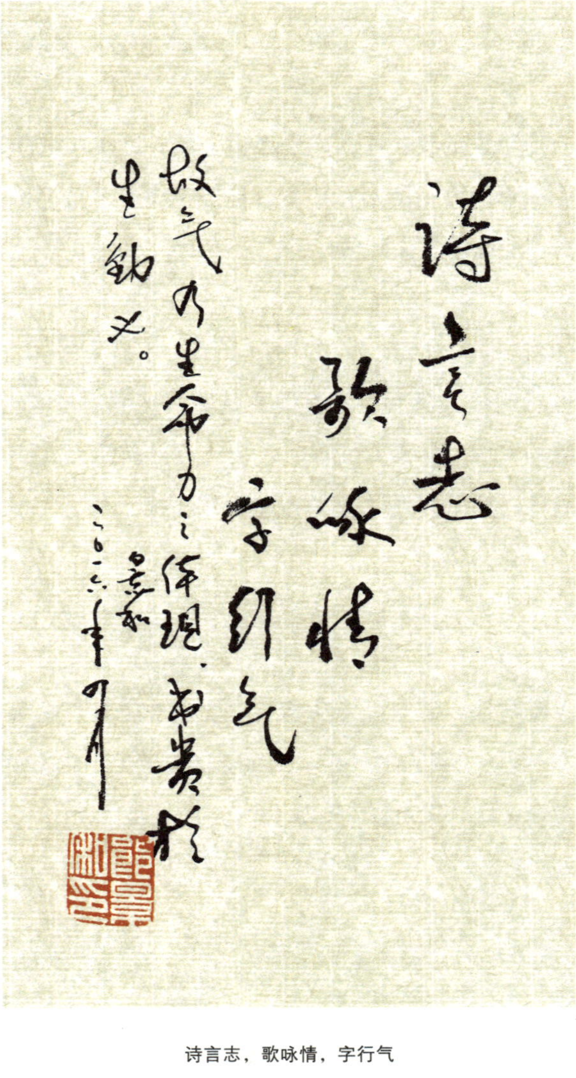

诗言志，歌咏情，字行气

不精不愚，不露不藏……

数字与诗

儿时读的诗，至今不忘：

“一片一片又一片，二片三片四五片。

六片七片八九片，飞入芦花都不见。”

（起初似乎只是学数数，可最后一句多么有诗意！）

后来又读：

“一去二三里，烟村四五家。

亭台六七座，八九十枝花。”

（读来读去，意境永远清新又隽永。）

最难为司马相如和卓文君了：

司马相如度过艰难困苦时期后，晚年竟也移情别恋，要在外面纳妾了。

他给文君一笺十三字：一二三四五六七八九十百千万。从一至万，独无“亿”（即无意也），有绝情之意。而文君回复一首“怨郎诗”：

一别之后，二地相悬，只说是三四月，谁又知五六年。七弦琴无心弹，八行书无可传，九连环从中折断，十里长亭望眼欲穿。百思想，千系念，万般无奈把郎怨。（虽有情，也无意了。）

未加考证。也许是野史吧。

笑

感情的发酵。可以有面部的表情，也可以没有任何表情，所谓心里“偷着乐”。面部表情也是相当复杂的：开怀大笑，忍俊不禁，甜蜜的笑，痛苦的笑，友善的笑，可恶的笑，坦诚的笑，诡秘的笑，捧腹喷饭，无聊无奈，自然的笑，强作的笑……笑可以写一本书。真有一本《笑的历史》。

笑与哭

出生时，你身边的每个人都在笑，只有你在哭；

死去时，你身边的每个人都在哭，只有你在笑。

雪

小时候（七十多年前），下雪了，就会想，这雪要是面该有多好！这雪要是糖该有多好！这雪要是盐该有多好！

现今，下雪了，就会想，这雪要是没有尘该有多好！这雪要是没有沙该有多好！这雪要是没有酸该有多好……

野花

家花鄙夷野花：放荡不守规矩，杂乱没有秩序，乖巧有失庄重，朴实似嫌土气。

野花嘲笑家花：艳丽有些失真，矫揉乃出造作，雍容并不大方，华贵是为取宠。

有道是，不求人夸颜色好，只愿清气满乾坤。

又说是，取悦卖笑生就是，胭红脂香在一时。

欲

曾国藩对之见地尤佳，曾作联（1862年），曰：心欲小志欲大，智欲圆行欲方，能欲多事欲鲜。

哲学家奇德尔的一句名言，翻译或诠释略有不同，但基本思想是：

欲也，人生的两大悲剧或纠结：要么随心所欲，要么不能随心所欲或“事与欲违”。欲是忍得住的“想法”。如若这“想法”忍不住，要么是创造，要么是犯罪。

源

道源于静逸。

德源于谦和。

善源于感恩。

福源于淡泊。

寿源于健康。

乐源于平实。

喜源于无欲。

有无来源者吗？或有源而无果者吗？

哲学与哲学家

古今中外，出现了多少伟大的哲学家！哲学家是被敬奉为圣贤的。几千年来，出现了多少惊世警人的哲学理论和哲学巨著，有的哲学论著可以视为人类思想的圣经。

现在仍然有大学哲学系或者哲学研究所。

可是又有多少人能清晰明白地回答什么是哲学呢？

哲学，有唯心的、唯物的，有很多学说、主义，实在搞不清楚。

这里只能发点另类的哲学定义和观念。

哲学是要争辩的，至少有两个人以上才能谈哲学。

哲学是一种乡愁。(这很怪异，不可思议，于是成了哲学。)

哲学是对思想的思想。

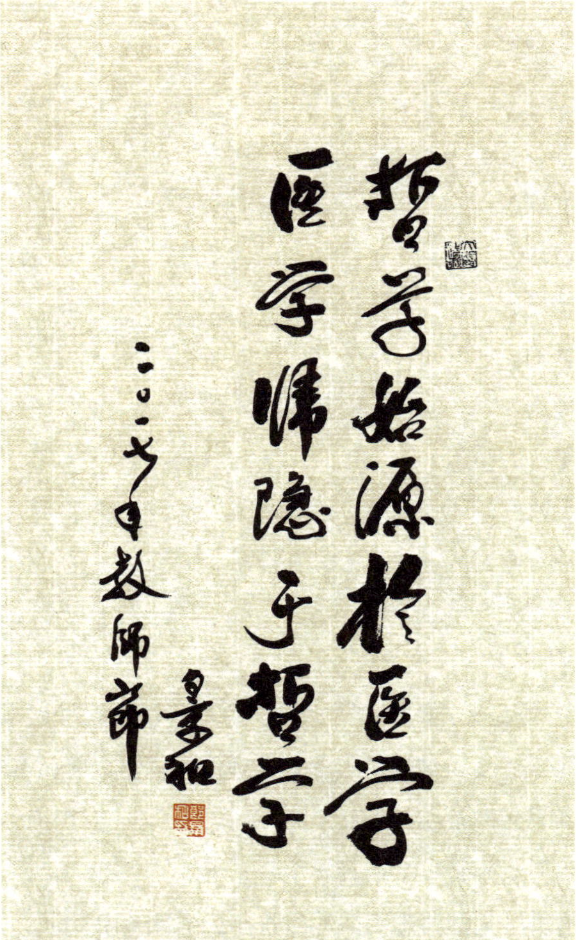

哲学始源于医学，医学归隐于哲学

一个地域如果只有一种哲学，这样的哲学便成为宗教。

哲学反思思想，如果只以德育代替沉思，用礼教管理思想，则丢掉了哲学，也就失去了哲学的武器和力量。

哲学应该统率自然科学、社会科学、人文科学，包括医学、教育和艺术……缺乏哲学，没有力度，只有浮华、浮躁的浅薄。

真理

哲学的根本问题之一，理论甚多。基本观点是真理是相对的，不是绝对的。即所谓相对真理、绝对真理。

我在中学就细读过冯定的《平凡的真理》（并没有读懂）。

下面两位的话简要而明确。

美国哲学家罗蒂（Richard Rorty，1931—2007）说：

真理不过是我们关于什么是真的共识。我们关于什么是真的共识，不过是一种社会和历史的状态，而并非科学和客观的准确性。

英国诗人拜伦的话浪漫生动而极富哲理：

真理不是权威的女儿，而是时间的女儿。

1922 年诺贝尔物理学奖获得者尼尔斯 · 博尔甚至说：

真理的反面是另一个真理。

于是对于所谓科学的认识也是相对的，科学与“非科学”“反科学”在哲学意义上应该是平等的。“反科学”是一种态度，而不是一种罪过，也不一定是谬误。

知己

其实爱人和仇人都可谓之知己。没有爱人是寂寞的，没有仇人也是寂寞的。

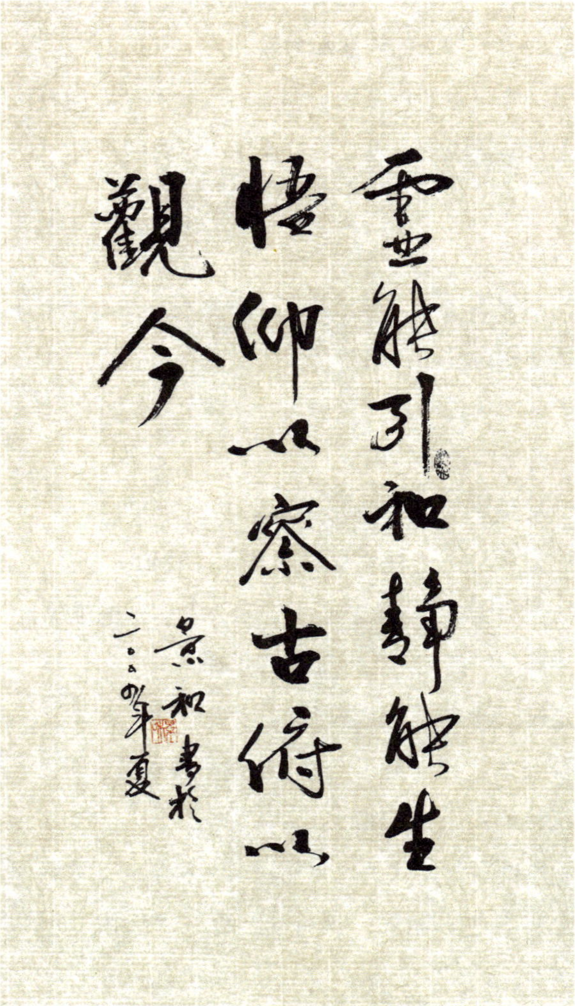

虚能引和，静能生悟，仰以察古，俯以观今

爱人带给你热烈与期望，仇人带给你冷峻与威胁，两者都会产生紧张感和不安宁。

可能驱逐而苟安自慰？不过，没有爱人，不妨找一个；没有仇人，就让它从缺为好。

忠恕孝廉

为人、立世之行为准则，四字方针虽皆为先哲教诲，但须时时领悟、铭记，乃可诠释成三十二字信条：

忠——忠诚、敦厚、诚信、执着，

恕——宽容、忍让、坚毅、谦恭，

孝——孝敬、尊重、感恩、贤达，

廉——廉洁、勤俭、安贫、知耻，

凡此，皆强调慎独自律，即自我反省、自我约束。

烛光晚会

朦胧的光线、朦胧的杯盘、朦胧的音乐、朦胧的脸庞。把本来面目朦胧着，可以轻松无拘地做事。

著名

已经很有名了，名字前面还要加一个“著名”—— 有点多余；本来不出名，加一个“著名”——又有点不足。“著名”这个形容词不太好用，最好不用。

追求

女人总爱说多少男人追求过她，男人却从不说他追求过多少女人。

平衡

人的智力大抵差不多，属于中等水平，绝顶聪明与极端愚笨者有之，都在少数。

聪明的人，通常有些懒散；愚笨的人，往往勤奋。故可大致平衡。

若聪明者，又十分勤奋，则他人望尘莫及。若愚笨者，却非常懒惰，则难成其事。

所以，我们要有自知之明，至少可以自我调整，找到平衡。

力

能力是对压力的反弹，也符合“胡克定律”。

最好……不要……

造几个句：

信守诺言的最好方式是不要许下诺言。（拿破仑）

避免手术并发症的最好方式是不要做手术。（外科大夫的最好境界）

要想不发生结婚后的麻烦的最好方式是不要结婚。

如此，以后的这种造句就变得非常容易了。

乡愁

一位哲人说：哲学是一种乡愁。虽然很喜欢这句话，但对其含意不甚了了。又从书中读到：“乡愁，其实思念的不是物，而是人。”我的父母早已仙逝，故里亲戚都不认得了。偶尔有人到北京来找我，自称：“我是您姑姑女儿的儿媳妇。”我当然毫无所知，但毕竟远道而来投奔我，也得帮助才是。啊，家乡清澈的河水是否被污染？满山的花儿还会否艳

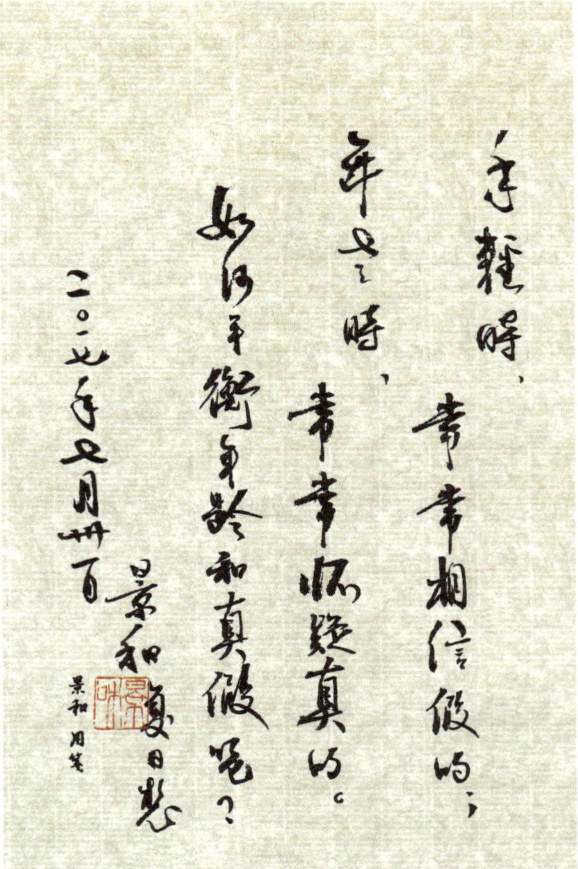

年轻時，常常相信假的；
年老時，常常怀疑真的。
如何平衡年龄和真假呢？
二〇一七年七月卅日
景和夏日书

年龄与真假

丽开放？

所以，乡愁只是淡淡的，却也是甜甜的回味：是对故乡的人、故乡的物的脉脉思念。是人，或者不全是人：是物，或者不全是物。回答不清了，于是，乡愁是哲学。

读经典

我喜欢读经典。我们现今可以涉猎知识和信息的途径很多，报章杂志、网络媒体，很快捷、很广泛，当然非常之好。但这些仿佛是快餐饮料，解饥解渴，有时很需要。而若作为“滋味”及“营养”，我以为应该读经典原著，此乃“正餐”，最为令人受益得意，慢慢品尝、细细咀嚼、深深思味。我们从经典论述中，不仅可以学习知识，更主要的是可以领悟先哲们的思想。我们会发现，那些自以为是、自鸣得意的想法，早已被大师们深刻阐述过了，我们只不过是浅尝辄止而已。

原谅

原谅别人的愚钝和过失，欣赏别人的智慧和成功。

爱因斯坦

有人问爱因斯坦：“您是物理学家，却相信上帝，岂不矛盾？”爱氏回答巧妙：“上帝指明方向，我来完成细节。”科学与宗教完全相悖吗？也不尽然。爱氏又称：科学没有宗教犹如瘸子，而宗教没有科学则是瞎子。这是迄今我认为最完美的科学宗教“调和论”！

风入松·除夕

东风桃李舞蹁跹，春色到这边。

我们以为很伟大，
或已被认识处理，
早已被先哲历审
道得很清楚了。
和对世人而萦索不已！

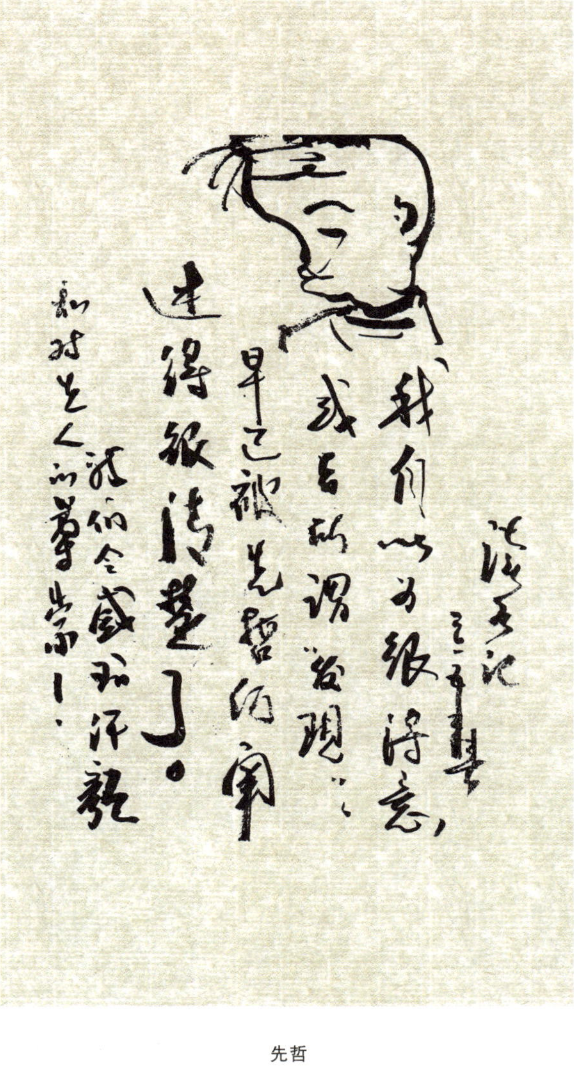

先哲

长街灯红如江岸，到处是，歌起声喧。
乍暖还寒时节，恰要杨花柳绿还。
总把豪情入云天，难忘又一年。
不觉老之将至，惊煞然，霭雾飞烟。
今朝邀君共饮，相见相忆即团圆。

遐想

术近仙

心近佛

（可望不可即也）

小说

小说写得极其圆熟，将一个没有意思的故事写得似乎很有意思。可是读完之后，还是觉得没有什么意思。因为，小说展现的不是写作技巧，而是故事。诚如手术，我们更看重其结果或者效果，不独在技巧。

岁月

岁月在，我在；

我在，岁月在。

到底谁先在？

人与书

你想了解一个人，只要看看他读什么书，或者他最喜欢读什么书。

心平气和

最握不住的是这愁心，最按不下的是这口气。

其实，心要放平，气要和顺。

不平不和，即为苦也。

果与实

我们希望得到果子胜于果实，我们也通常觉得馈赠别人果子，优于果实。其实，果实才是最有用的。

诚如授以鱼，还是授以渔。

有时伟大的艺术作品，
就是一种激情犯罪。（如何理解？）

学问

把听懂的话，往听不懂里说；把简单的道理，往复杂里说。

真情是人类最美好的语言，
制度是最大的老板。

哲学就是对智慧的爱，
哲学家就是爱智慧的人。

（于二〇一六年秋书中偶得）

用眼睛去爱世界，
眼睛就是双手；
用思想去爱世界，
思想就是眼睛。
（忘了在哪儿读的书，关于“眼睛”和“思想”还真得琢磨一番。）

（二〇一六年补）

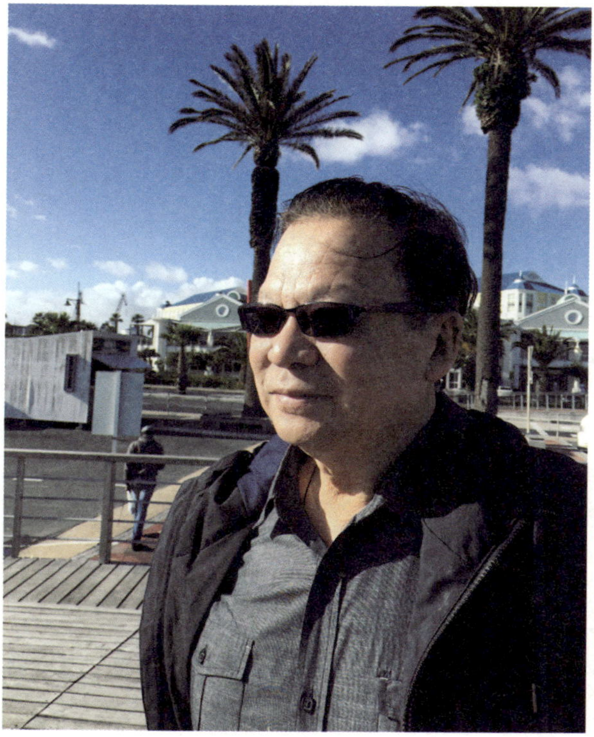

人在异地

智慧有三果：
思虑周到，
语言得当，
行为公正。

经历与苦难，要比照别人；
耐受与修炼，要依靠自己。
（自己像个牧师在劝导别人。其实，主要是说给自己听的。）

（二〇一六年秋于旅途）

《诗经》

《风》《雅》《颂》。
一言以蔽之——
爱无忌，情无价；思无邪，乐无淫。

《四书》《五经》，
儒家之道。
一言以蔽之——
温、良、恭、俭、让，仁、义、礼、智、信。

读书之乐

当读书读到人我不分（人家和自己）、物我不分（事物、环境与自己）的忘我境界时，会欣然独笑，甚至放声大叫，乃为阅读之乐。

（二〇〇八年冬）

所謂祈禱，就是把思考停停頓下來。祈禱是把思考停頓下來。

祈禱

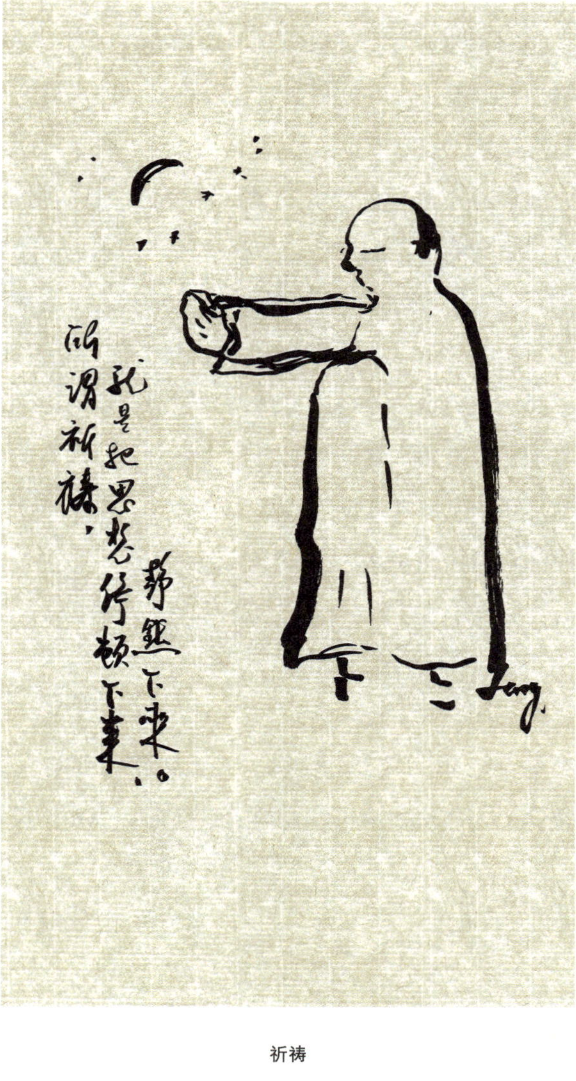

宽容

少年时，我们领知的太少，似乎对一切都兼收并蓄。是时，我们较少怀疑，否则，我们便失去一切乐趣。那种怀疑主义会让我们失却情感与渴望，让我们孤立、寂寞而空虚。

中年时，我们有了自己的经验、爱好或偏好，我们渴望与人平等，但应该与人、与事建立理性的信赖，依然应该是乐观的、善良的、开阔的（或开朗的）。我们不能只批评、修正与补充别人，也应该批评、修正与补充自己。

老年时，我们成熟世故，但不可挑剔与刻薄，要原谅别人的无知与幼稚、错误与褊狭。因为，这些也是自己“绝对”经历过的。于是善解与诚挚、包容与热忱该是多么需要、多么重要！

世上都如此，时代都如此，该多好！

（完全是自己的想法，二〇〇九年三月二十日记）

哲学的贫困与贫困的哲学

我们常常缺乏反思的武器和力量，只能以德育代替反思，以礼教管束思想。教一个人守法，只需要灌输；而教育整个人群成长，则需要哲学。

（读书偶想，二〇一六年夏）

关于公正

公正就像阳光一样，是大多数生物赖以健康生存的基本保障。在人类社会，它是亘古不变的最核心的价值观，是国家强大、富裕、和谐、安宁的起点或基石。

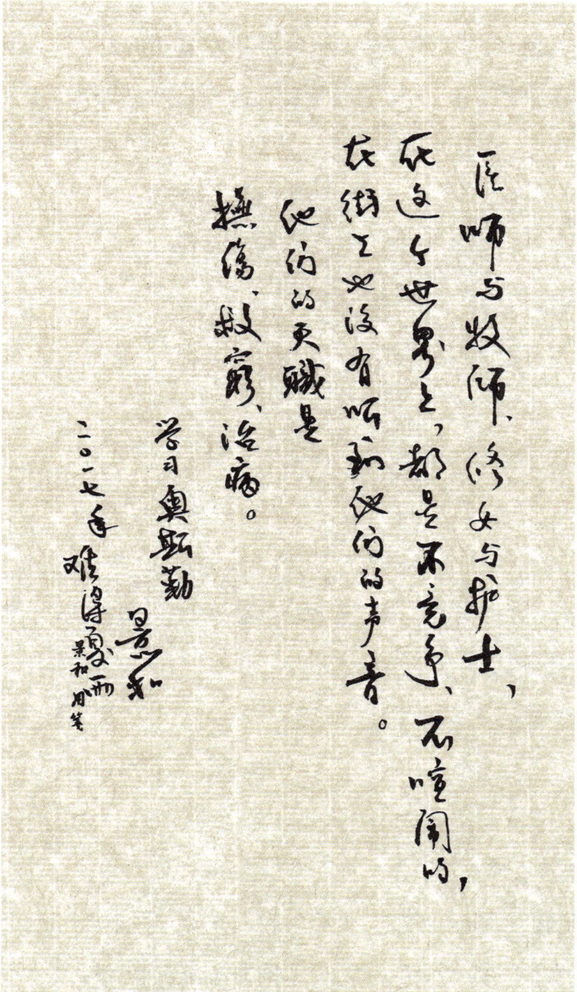

医师与牧师、修女与护士，
在这个世界上，都是不竞争、不喧闹的，
在街上也没有听到他们的声音。
他们的天职是
抚伤、救穷、治病。
学习奥斯勒
景和
二〇一七年
难得夏雨
景和用笔

学习奥斯勒

科学发展观的核心是以人为本，
人又以什么为本，以富裕，以权势？还是以平等，以尊严？
应该是以公正。有了公正，人心顺，家和万事兴。
社会诸事缺乏公正，则国家与民族之发展步履艰难矣。

（医生想得太多！）

悲剧

人间有两大悲剧——
其一，是不能随心所欲；
其二，是太随心所欲了。
痛苦与快乐盖源于此也。

忍受

The man can stand a lot as long as he can stand himself.
人能忍受自己，
就能忍受许多。

（读书偶得，二〇一六年秋日，无蝉）

金钱的能与不能

能买床铺，不能买睡眠；能买书刊，不能买头脑；
能买食物，不能买食欲；能买装饰，不能买美丽；
能买房舍，不能买家庭；能买药物，不能买健康；
能买奢侈，不能买教养；能买娱乐，不能买幸福。

（三十年前的杂记，于挪威奥斯陆）

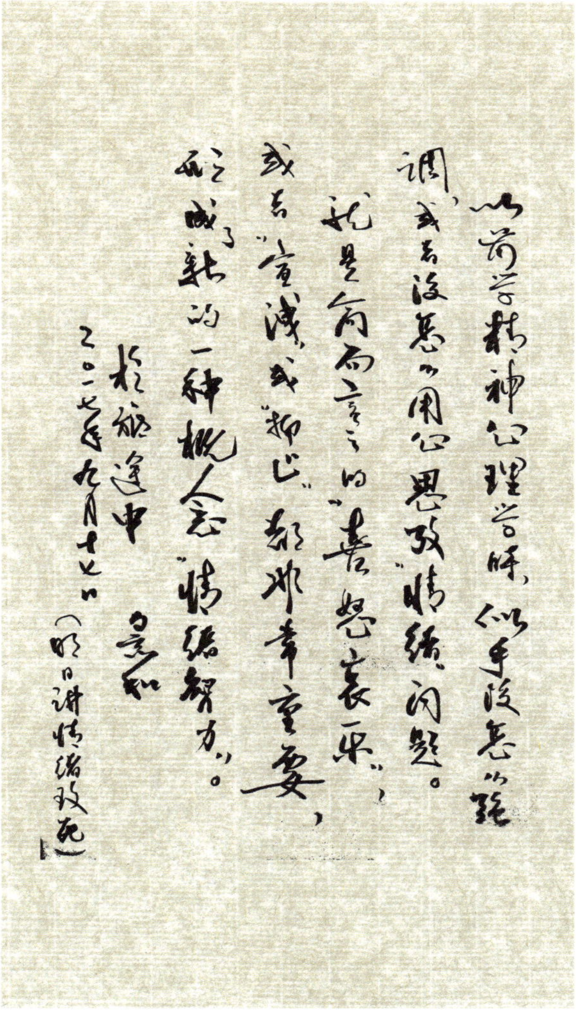

以前学精神心理学时，似乎没怎么强调，或者没怎么用心思考"情绪"问题。就是简而言之的"喜怒哀乐"，或者"宣泄"或"抑止"都非常重要，而今成了新的一种概念"情绪智力"。

于旅途中 白亮知

二〇一七年九月十七日

（昨日讲情绪致死）

情绪智力一

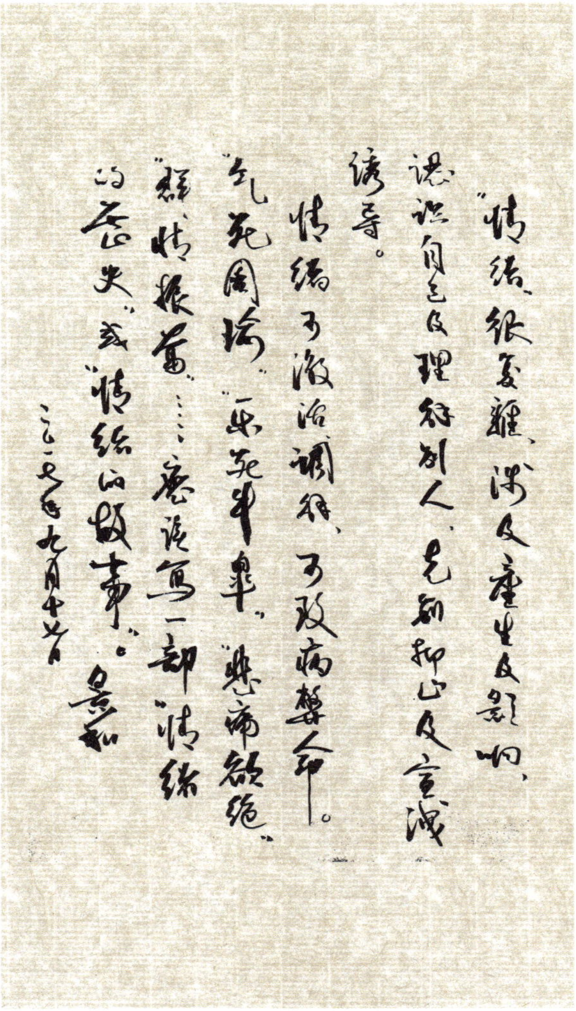
"情绪"很复杂，涉及产生及影响，认识自己及理解别人，克制抑心及宣泄诱导。

情绪可激活调控，可致病夺命。"乱死周瑜"、"乐死牛皋"、"悲痛欲绝"、"狂情振奋"……意谓写一部"情绪的历史"或"情绪的故事"。

景和

二〇一七年九月十七日

情绪智力二

纪念碑

If you would see his monument, please look around you.
(如果你想寻找他的纪念碑，就请环顾你的周围。)

——渥太华市市长纪念碑碑文

几个人的话

光荣的路是狭窄的，它容不得许多人并行。

——张廓《生命的塑像》

这样的夜晚给老人带来安宁，给孩子们带来希望。

——萧伯纳

有所作为是生活的最高境界。

——恩格斯

在科学的入口处，正像在地狱的入口处一样。

——马克思

（三十年前的摘记）

曹操有“对酒当歌，人生几何”之句，
而古希腊哲人也报有类似之语：
Eat, drink, and be merry for tomorrow we die!
挺有意思。

（三十年前的杂记，不知道从何而来。）

偶想

圣旨只能给自己下，方才有用。

对已经做过的，无论如何，都不必后悔；

对将要做的，无论如何，都寄予期望。

生活是最好的安排，

经历是最好的文化。

快乐并非偶尔邂逅，而是一种选择。

把遇到的美好事物，肯与周围人分享，并散播到各个角落。

“聪明人”营造出的，只会是越来越自私的内心以及越来越庸俗的世界；

而“傻人”构造的是三世范本，是社会的底蕴，是民族的脊梁。

（这里的聪明人、傻人都是加引号的，二〇一〇年冬）

什么是重要的?

重要的不是自己成功，而是做了哪些有意义的事情；

重要的不是自己学到了什么，而是教给了别人什么；

重要的不是自己得到多少荣誉，而是对每件事竭尽全力，心怀悲悯，充满勇气，甘于奉献，使他人受到帮助，得到益处，获取鼓舞。

重要的不是能力，而是品质；

重要的不是认识多少人，而是能让多少人怀念。

重要的不是盛名，而是为人留下多少回忆，让人难以忘怀。

（纪念、学习林巧稚大夫）

悟

昨晚与祥胜和尚谈至深夜。关于“悟”。

我说：可以什么都不想，或者什么都想。

祥胜说：最好什么都不想。

我又问：那又如何悟呢？

祥胜笑而不语。

吾不解。

（望东海，求解。于二〇一七年四月十一日晨六时）

因果

X：因果是宗教的基本观念之一。

L：但是，有时有因无果，或有果无因？

X：有时，是时候不到；有时，是我们不知道。

L：善哉！领教。

轮回

L：我知道，这也是宗教的基本观念之一。但请教诸多法师尚不得其解。

X：是的。我们笃信如此。

L：不是每个人都能得到轮回吧？

X又笑而不语。

（二〇一八年一月十日，与普陀师父谈）

黎明

时光的“裂隙”，新的一天的开始。又有惊人的欣喜，又有恼人的烦忧；神圣的工作要完成，肮脏的交易要继续。正当这黑夜与白日交际之时。

书

思想的园地，知识的台阶，智慧的宝藏；
教唆的蓝本，罪恶的渊薮，骗钱的纸张。
伟大的书是一场灾难！（名人语）
可惜？所幸？这样的书不多。

峡谷

出险情，出景色之处；
出威逼，出动力之处；
出绝路，出新天之处；
出妖兽，出英雄之处。

（二〇一七年四月十三日）

爱命运

我们有无限的思问和祷告，
但要记住尼采的话：
要爱命运，爱命运才是至爱的境界。

（丁酉春周末）

阅读三感

饥渴感——知识的缺乏，

欣慰感——收获的满足，

恐惧感——自己的肤浅。

甚至连自己所得意的阅读感，也已被先哲们说得很清楚了。

（春日周末）

一组大实话

说好话，好好说话。

不能保证把真话都说出来，但要保证说出来的都是真话。

如若不想做，总会找出一个借口；

如若想做，总会找到一个办法。

别人应许的事，不可当真；

应许别人的事，一定要当真。

（丁酉春日思）

这是个浮躁的世界，人们过于功利，似乎每个人都难以幸免。

我们吃快餐，看文摘；敲键盘，懒书写；逐利益，求晋升，要报酬……没什么不对，似乎天经地义。

当然有时我们会不忍、不屑，却无奈、无法。

或者躲进小楼成一统；或者筑壁自围。

但终归要面对这个世界。

（二〇一七年三月十一日）

多数情况下，我们是生活在对未来的企望和遐想中。

这种企望和遐想当然是可贵的，而用实践和努力完成这种企望和遐想尤为可贵。

（丁酉春）

切忌言浮其术。

（为诸弟子书，二〇一七年元月）

道不达人，

德在心中。

（逛三联书店后，四月六日）

又读又修《悟语》

我们把心灵愿意体验的所有感觉，称为快乐；

把心灵不愿意体验的所有感觉，称为痛苦。

所以，所谓快乐和痛苦是心灵的体验或感受，不一定是事实的是非对错，不论是自己或者别人所为，或者客观如何。

（于旅途中）

读泰戈尔

在那里，心无恐惧，头高高昂起；

在那里，良知自由传播；

在那里，话语来自深刻的真理；

在那里，不倦的奋斗将其双臂向着完美伸展；

在那里，理性的清泉没有迷失它的道路；

在那里，精神被引领向前进入永恒——拓展思想和行为……

啊，那里就是我们这里。

鸟儿从天空飞过，没有留下一丝痕迹。

也许飘落下洁白的羽毛，也许留下幽远、凄楚的雁鸣……

这都不是它们的期许，它们只是按照既定的方向飞去！

（读泰戈尔，于华盛顿机场，二〇一七年三月十九日）

蔚蓝的天空俯瞰苍翠的森林，它们中间吹过一阵喟叹的清风！

——泰戈尔

一百年后读我的诗的读者，你是谁呀？

我不能送给你这儿富饶的春天的一朵花，也不能送给你那儿云彩的一缕金晖。打开你的门，举目远望吧。

——泰戈尔

时钟计年

看见一枚项上饰物，是时钟：

正面（L）看吧，却不是计时、分、秒，似乎是计年。一格是十年，一生能活一百二十年（岁）。你才二十岁，离寿终正寝还远着呢。

反面（R）看呢，可是近终了。

就看你怎么看，怎么想，怎么对待！

看了一本关于数字的书十分有趣：各国的数字、数字的起源、数字的用途和玄妙。从计数到音乐，从卜算到《易经》。

广阔的愿景，崭新的地平线。

禅能服一切，诚不虚也。心存热爱的人，就是天地美术。

把心思用在寻美上，真是一件比整人更好、更美、更难的事情。

（读书偶得，二〇一七年四月二日）

电脑

比任何人都聪明，也比任何人都傻的“玩具”。可以玩上天，可以玩入地。若是没了电，一切都玩完。

时光

时光，春夏秋冬；人生，生老病死。

这是自然规律，似乎是不可通融，难以改变。

其实并不尽然，夏可清凉，冬可温暖；

健身换来安康，养性得以延年。

每次从书店出来的感觉都是很奇特的：头总是低垂的，脑子不知是被充满了，抑或是被洗空了，一片空白；脚步总是沉重的，是对知识爱的吸力，抑或是心灵新载装的重负？似乎有很多要去思索，去消化。

一尺之棰，日取其半，万世不竭。——《庄子·天下篇》

想今日之功利，念彼时之怯情，岂不令人心痛矣！

（读书摘记断想）

得与失

得到的，可能是包袱和枷锁；

失去了，可能会轻松和愉快。

得到的，可能是祸患和罪孽；

失去了，可能会解脱和安逸。

故古语早有“塞翁失马，焉知非福”。

我们的成功并非天经地义，不可心存侥幸；他人的失败也不是命中注定，切莫幸灾乐祸。

（看二〇一七年七月美国首席大法官约翰·罗伯茨的讲演所得）

我的读书笔记

知识的篮子：平时多采撷，过后再思量。

好的作品跟思想的诞生一样，需要闲暇、空间和沉淀。

——让我们去除浮躁！

（晨读，二〇一六年春）

唯有死，使人殊途同归。

唯有爱，使人千变万化。

不知何处（得）来，不知何时（用）去。

能偶尔话起，而心仍然温柔，就是好朋友了。

（不知何时的笔记）

人生小悟

思虑太少，可以失去做人的尊严；

思虑太多，可以失去做人的乐趣。

——度也。

当流水经过管道时，管道是什么形状，水就是什么形状；

当生命之泉流过你的时候，你的思想是什么形状，生命就是什么形状。

要让你的世界发生变化，你就必须改变自己的内心，所谓“诚于中，形于外”。

（读约瑟夫·墨菲，二〇一六年仲秋）

人之堕落，由于欲得。

战“克”如临深渊，过于战“克”，必然坠于深渊。

要想在纷乱的世上保持安宁，就得有哲学的训练。

（二〇一五年五月）

知道，是不是要学的，有喜欢就好；

喜欢是不够的，要乐在其中，才为上界。

此乃认识、工作、生活之三个级次也。

（读书偶得，二〇一三年三月）

人文何也?

人文是情商、人际交往、公众意识、预见能力、组织能力、捕捉机遇及抗挫折能力等。表现其品格、操守、修养、气质、魅力……

（太复杂，难尽言。二〇一二年冬）

心情

倒霉只是一种沮丧的感受，未必真有实际的倒霉。

思索是快乐的，写作是痛苦的，完成是畅快的。

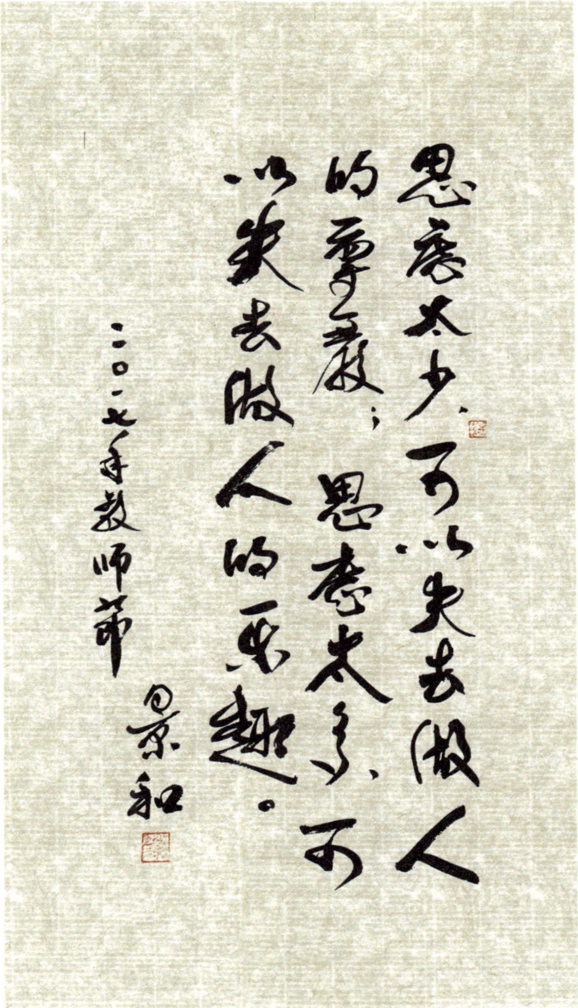
思虑太少，可以失去做人的尊严；思虑太多，可以失去做人的乐趣。
二〇一七年教师節

思虑

傲慢——过分自我感觉良好。

简陋斗室条幅

斗室简陋，不堪入目，唯书拥四壁，聊以自慰。看不到外边的风景，写些条幅，不时更换，权作营造自己的风景：

叩门不迎客，举手可得书。

宁可借予钱，不愿借予书。

坐拥书城，环顾世界。

人心惟危，道心惟微（清，咸丰帝语，语出自《尚书·大禹谟》）。

——皇上尚且如此，庶民何堪？唯皇上如此，庶民何忧。

事体观道妙，人情看天机。

人心仁术共分享，善情善意同关怀。

为善最乐。

刀鞘保护刀的锋利，

它却满足于自己的迟钝。（泰戈尔语）

道行自然，

医法如天。

艺术——形象思维，天资悟然。

科学——逻辑思维，刻苦勤勉。

大德大智，隐于无形。

科学是猜想，文学是梦想，哲学是“乱想”。

房子不在大小，都值得放进足够的安谧、情趣、知识、惬意和温暖。（阿Q式自嘲）

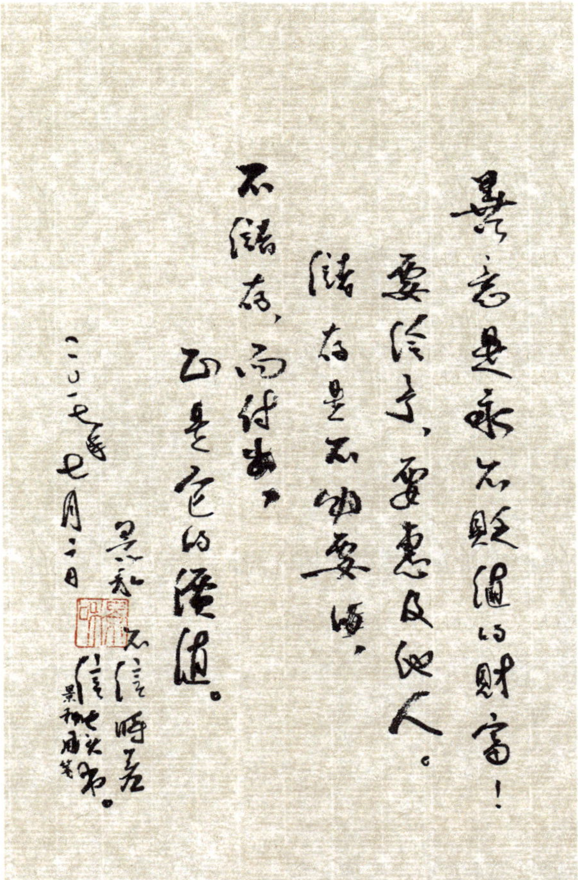

善意是永不贬值的财富

杂感

关于悟语和阐述（代序）

“悟语”是经意或者不经意写下的字句，
对其阐述，
可以是经意或者不经意的评论，
有悟性就好；
“悟语”是反刍或者琢磨出来的糜酿，
对其阐述，
可以酸甜或者苦辣，
有味道就好；
“悟语”是吮啜或者自然溢流的乳汁，
对其阐述，
可以是令人喜欢或者惹人生厌，
有营养就好；
“悟语”是心灵或者思想跳动的火花，
对其阐述，
可以不必熊熊烈焰或者石破天惊。
有闪光就好；
“悟语”是反省或者忏悔的自白，
对其阐述，
可以不必文过饰非或者迁咎他人，
有幡醒就好；
“悟语”是经历或者体验的痕迹，

对其阐述，
可以存遗憾或者欠完美，
有印证就好。

（二〇一五年春）

春夏秋冬

春，发情、交配、播种；
夏，生长、发育、成材；
秋，成熟、结果、收获；
冬，养精、蓄锐、蛰伏。
万物如此，人生如此。

（二〇一三年）

再教育

我们似乎生活在一个功利、浮躁和情绪化的社会里，我们或许已经忘却、无视或不屑古今中外经典中的高贵矜持、信念坚守和真诚友善。

在科技如此发展的当下，尤其需要一种哲学和人文的再教育。

（二〇一五年四月）

干净

新生儿很光洁，禾苗很清新，溪流很透彻。
成人后龌龊了，庄稼被糟蹋了，河流被污染了。
时光把人、把物都污染了，
失却了纯，失却了清，失却了静……

（二〇一三年）

荒淫

不是农民在田头树下的肆意调侃，而是显贵们在华丽帷帐下的“文明勾当”。

（二〇一三年）

人与自然

人与自然之“共适”和谐，人与自然之愉悦也。“惟江上之清风，与山间之明月，耳得之而为声，目遇之而成色，取之无禁，用之不竭，是造物者之无尽藏也，而吾与子之所共适。”

（读苏东坡《前赤壁赋》于国庆）

做事

一个人做事，就怕：小事不愿做，大事做不了，不大不小的事做不好。

（二〇一三年）

看不清

在贼亮贼亮的光亮下，
在漆黑漆黑的黑暗中，
都同样看不清什么东西。

（二〇一三年）

关于人

对于女人来说，最高贵的品质是善良，其次是美丽。

人的感情是最神秘的，有感情才有幸福。

小人和大人——总想把别人弄成和自己一样小的人与总想把别人看成和自己一样大的人。

献媚者：总是有人喜欢，所以他们存在；总是有人厌恶，所以并非所有人都是。

人之生活之累，30% 是为生存，70% 苦于攀比。

年轻人常常相信假的，年老者常常怀疑真的。

怎么办呢？

人格

夸奖——说别人的好，背后说比当面说更好。从不说别人好的人，绝不意味着他比别人好，恰恰是他比别人差。

苦难——人生的淬火，使人变得刚强，此乃必要的、有益的生命条件。

零

有人说 0 比 1 还小，有人说 0 比没有还少。

我说 0 很大很大，可以无限大。

我说 0 不是没有，而是不可缺少。

只要有了 0，就可以无限延伸长度；

只要有了 1，有了 0，

就有了计算机，就有了一切数字。

一切从 0 开始吧！ 0 里蕴藏世界、宇宙、万物……

（学《易经》有感）

断想

拒绝——不给面子，不通融，不说“yes”。其实，不怕照章办事，就怕按个人意志、情绪化。

进步——人生不是在完美中进步，而是在缺憾中进步。多数不是享受进步的喜悦，而是经历落后的折磨……

看似谦卑者，未必真诚；看似傲慢者，也未必凌人。还要透视内心，还要审视行为。

奖——评审、设置最怕滥、乱、差。

激情可以使人聪明，也可以使人愚蠢。

常常是，激情使愚蠢的人变得聪明，使聪明的人变得愚蠢。

换班——轮流工作，最伟大的换班工作是太阳和月亮的交替，所以，换班乃天经地义，不能不分昼夜地一直工作。

乖巧惹人喜爱，过于乖巧让人生厌。

孩子是父母发射的活的箭矢，轨迹与目标并非在掌控中。

过错可能是一时的，后悔一时；错过可能是终生的，后悔终生。就看错在哪儿，错到什么份儿上……

拐弯时，被甩出去的通常是车速最快的、滑速最快的。

愚蠢的人会使人乏味，自作聪明的人更令人乏味。

多数或几乎所有的敌人都是自己造出来的。真正的敌人是自己。

德之不行，只是空训。

等待是有智慧的，是一种人生哲学、一种心态、一种信仰、一种期盼，更是一种努力。

单纯——真单纯有之，假单纯更多！假单纯乃是一种精巧骗术。（故有“甲醇”——有害也。）

聪明——要么爱己，小聪明；要么害人，不聪明；爱人爱己，中聪明；舍己爱人，大聪明。

存储——人们往往在意存储钱财，不太在意存储恩情。

见风使舵——正常的驾驶技术。但通常被当作贬义，因为多数人难以运用这一技术，如观风向、看潮流、掌握好舵、使用好人。

寂寞——寂寞让人享受思想。如果一个人连寂寞的时光都没有，那只是一具行走的躯体。

也许我们并不缺乏相应的知识和技术，或者我们往往太看重知识和技术了。而职业洞察、职业智慧和职业精神则相形见绌或者空虚苍白。

实际上，只有哲学、文学体系可以超越，思想者的思想可以天马行空、驰骋荒野，甚至是无限制的、无终极的。而科学、理性、认知都是有限制的、有终极的。于是，我们总是在相对的认知中，感到自我的无知。从经典论述中，不仅可以学习知识，更重要的是可以领悟先哲们的思想。我们会发现，那些自以为是、自鸣得意的想法，早已被大师们深刻阐述过了。——阅读是快乐的，阅读是恐惧的。

我觉得自己就像一块铁，注定要经历千锤百炼，直至死去。命运会把我们丢进熊熊的火炉中，然后再提出来，在我们身上不断锤击，接着投入冰水中淬火，喷出哭泣的蒸汽。然后又是重新冶炼，又是翻来覆去地锤打，又是淬火，再又轻松地吐出一口气……要百炼成钢，总要如此历练，不要寻求安逸！

哲学是我们对自然或者社会的观念和理解，是思维对存在、精神对物质这些根本问题的思辨，是自然科学和社会科学的“统领”。甚至可以简化为：“哲学是对思想的思想。”无论有意识或无意识、自觉或不自觉，总是在信奉或实行某种哲学。

读点“杂书”或“没用的书”，也许，会给医生疲惫的头脑和枯燥的生活带来清醒和灵性，会让医生享受科学、哲学与艺术交融的激越、美妙，获得相互砥砺的智慧升华。

做学问、成事业的三个层次：知之，只是欲念、认识；为之，即为奋进、竞举；乐之，达到胜己、忘我，必成其功。

问题是科学的发动机。

善于提出问题，无论是给自己，抑或是给别人，都是科学技术发展的动力。有问题才能有发现，才能有创新。就怕没有问题。讲完课，征询问题，鸦雀无声，会令人难过。什么问题都可以：没听明白，深究其源，甚至争辩和反对，都是好问题。没有愚蠢的问题，只有愚蠢的回答。

我们不缺乏讲演者、解释者，我们缺乏提问者、质疑者。

我们常常把梦想遗忘，只是为了追逐这时代飞转的车轮。但我们务必看准方向，知道自己上哪里去。

科学技术可以是天使，也可以是魔鬼。让科学技术带给医生利剑，以帮助病人驱除病魔吧。

科学忌虚假，文化忌清谈，有幸致力于科学与文化者，不该自命为精神贵族而远离尘世。

差异——没有差异，就没有发展；没有差异，只有凋亡。

名声——对于一个人的说法和评级，像声响一样的传播和回音。通常不一定公允、真切，在很大程度上，介质（现今叫传媒）起重要作用。它可以扩大，可以扭曲，可以失真，可以变调。人自己很难控制，当然也可以炒作。因此，不必太介意它。不过，也不可小视它。

偶然——所有的偶然都是必然线上的一个点。不要奢求偶然，不要埋怨偶然，看好，拉直自己的必然线。

学术——弄不好的话，在实验室里是学术，在讲坛上是骗术，在社会上是权术。于是学子成了骗子，成了混子。

如果众多的人都表示完全一致的想法，那么肯定其中有人没有想法。

学位与文凭、“帽子”有关，和学问有点关系，和本事无关。姑且不谈“帽子”怎么做的、怎么戴的、怎么扔的。

肉体受伤，会长出肉芽；精神受伤，会长出思想。

蛇与智者的对话

蛇：人都是善良的吗？

智者：对你，多数不善良。

蛇：那么，我应该对人亲近一些？

智者：不，越亲近越危险。

蛇：应该让人害怕我，远离我，就会安全。

智者：然也。

蛇与书生

蛇：你为何如此苦读？

书生：为求功名。

蛇：功名有何用？

书生：衣食住行无忧，优裕。

蛇：我不读书，亦无忧也。

书生：你本性低级，要求低级。

蛇：世上本无高级、低级，只有满足、不满足。

蛇一跃而走。

书生掩卷无语。

寂寞的蛇

我的寂寞是条蛇，静静地没有言语。

心里害着热烈的相思，

想着那茂密的草原森林。

我的寂寞是条蛇，温顺地蜷伏着。

我感觉很冷——

冷得只剩思考，

和无尽的沉默。

得与趣

得少趣多

得多趣少

送安�m 批政国得少佳能"有感。

二〇一〇年中国白龙如

松鹤楼
Song helou
乾隆始创
电话：777 779

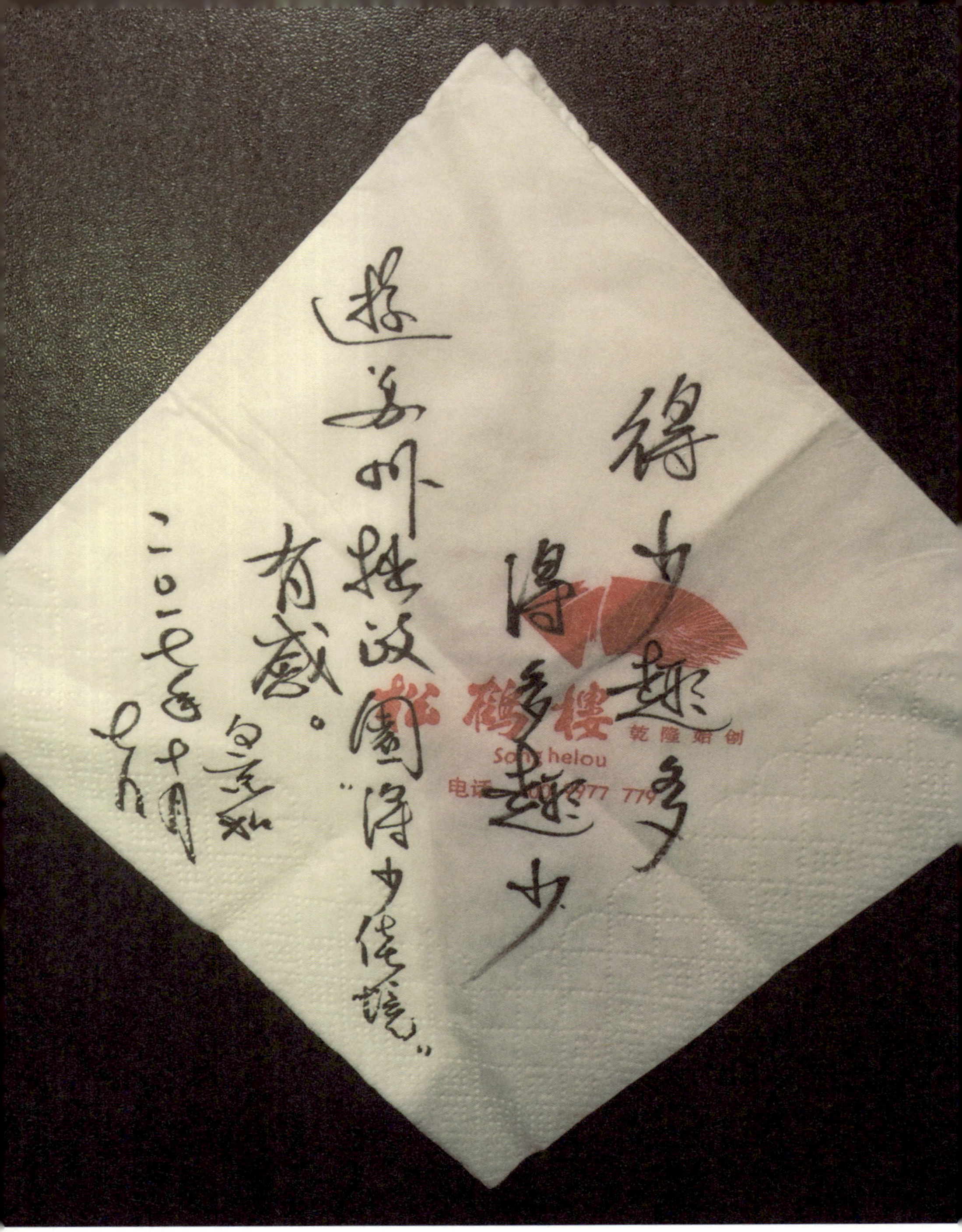

得与趣

二

医思录

以医之美
健康之美、生命之美、
至善之美、仁爱之美。

景和

二〇一五年十月

启示

医生

科学家也许更多地付之理智，艺术家也许更多地倾注感情，而医生则必须集冷静的理智和热烈的感情于一身。

同情

医生对病人的同情不是用眼泪，而是用心血。

干净

人们说医生的工作是最干净的：洁白的衣帽、严实的口罩、消毒的手套……但他们却要和血、脓、病菌、癌瘤……打交道。唯其如此，才需要最干净的防护。

慰藉

医生每天接触的是：病人的痛苦、呻吟，各种各样的难过和诉说。唯一能够使医生激动和感到慰藉的是：病人痊愈出院时那灿然的一笑。

忏悔

再年轻的医生，在病人眼里也是长者，他肯向你倾吐一切；再无能的医生，在病人眼里也是圣贤，他认为你可以解决一切。医生之难也就在这里。

与其说医生在病人面前是神圣的，毋宁说病人在医生面前是神

怜悯是仁善之初

圣的。

孩子再年少，医生也要像对老人那样尊重他；老人再年长，医生也要像对孩子那样关照他。

医生要进入“角色”；痛苦和欢乐与病人完全“合拍”。

诚然，医生不可能遭遇一切疾病，医生的经验是病人给予的——病人是医生的老师。

专家是令人敬佩的，他们对一般医生所不知道的事情，知道得越来越多；

专家有时也令人惋惜，他们对一般医生所知道的事情，却知道得越来越少。

医生与病人

医生和病人，第一次见面，最初的印象很重要！
对于病人——无论是年轻，还是老迈；
无论是漂亮，还是丑陋；
无论是富有，还是贫穷；
无论是权贵，还是百姓……
医生都应一视同仁，他们都是病人：
没有技术傲慢，没有人格傲慢，
没有疾病歧视，没有阶层偏见。
医生给予他们的都是关爱。
对于医生——无论是男性，还是女性；

无论是青涩，还是老道；

无论是率直，还是婉约；

无论是快捷，还是沉稳……

病人都一样尊重，因他们都是医生：

没有金钱傲慢，没有权力傲慢，

没有年龄歧视，没有性别偏见。

病人给予他们的都是信任。

疾病

疾病不是对人的惩罚，至少，医生应该这么看。

选择

我做不到选择最好的，是最好的选择了我。——泰戈尔《飞鸟集》

在医疗实践中，首先选择最好的。最好的，是首要选择。

罹病与恩典

没有人愿意得病，也没有人没得过病。

人们对待遭遇或罹患疾病，态度可是千差万别。最奇特而极致的是美国作家弗兰纳里·奥维康（1925—1964），他短暂的一生历经多次疾病和手术，不免沮丧而孤独，但他以坚强的毅力生活与工作，独享疾病给予的痛苦与领悟，他的作品凌厉、刻薄、冷峻、深刻。

他说：“我觉得没有患过病的人，失却了上帝给予的一次恩典。”

伟大的作家！伟大的病人！伟大的人！

妙手易做，仁心难当

病人与公众要理解医生的困惑与踌躇、错误与失败。医生不是神，可以经历好运，也会遭遇倒霉。医生要经历的是热血冶锻、非常锤打的自我修炼。

我们要思考的是在这个浮躁、功利、动荡和快速向前的世界里，居于其中的医生如何脱俗于迷惑、脆弱和利欲，即使不敢说独善其身，也要认真严肃地总结、反思，调整和纠正自己的从医轨迹。

颠覆医学

经济学家约瑟夫·熊彼特（Joseph Schumpeter）提出，高科技的迅猛发展，使得社会、生产发生了根本性的创新和转型，此即所谓世界的“创造性破坏”，也即“熊彼特化”。

医学领域，由于信息化、大数字化、网络及开放化，也面临着“熊彼特化”。

仅靠这些超级融合的概念和技术能力，就可以推动医学向前发展吗？回答是否定的。

因为，医学本源是不应该被震动的。医疗与其他任何行业的重要或根本区别在于，它研究或服务的对象是人！对一个医生的培养、一个病人的诊治，都在人的身上，这里不仅有技术，更有情感和关爱。医生和病人面对的都不仅仅是信息网、知识库，而是群体世界，更是个体现实；是活生生的机体，而不是虚拟的人。总之，不是面对数字信息，而是具体的人。

所以，不应该让医学本源遭遇颠覆，而只是获得进步。我们不要“熊彼特化”，我们要“狼人性化”。

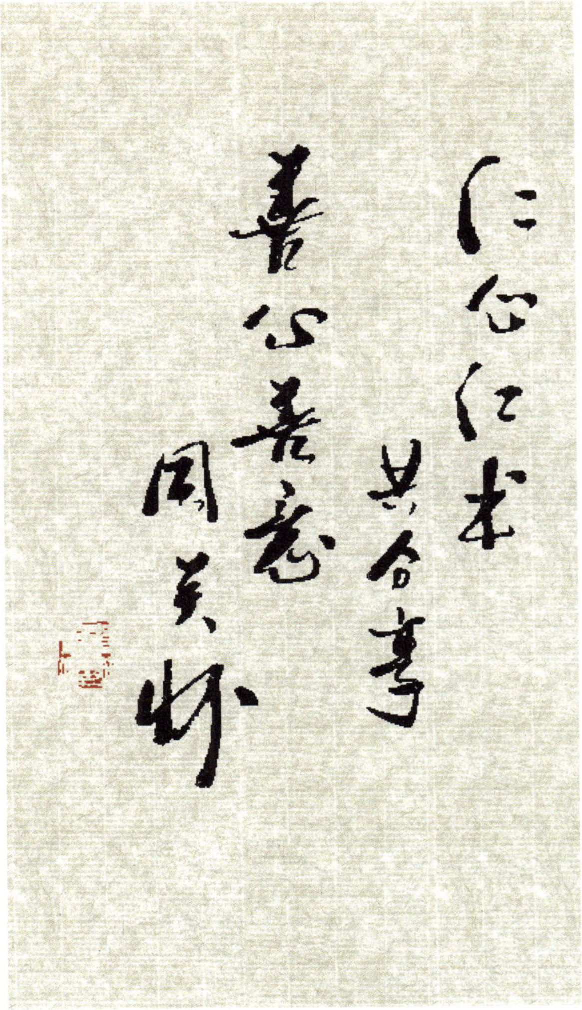

仁心仁术共分享，善心善意同关怀

一切为了生命，为了生命的一切

洛松江村是最美乡村医生，为我们书写着、践行着“一切为了生命，为了生命的一切”几个鲜明的大字。对生命的敬畏和热爱，是每个人都具有的，而医生的职业天性，不只是对自己，更应该是对别人，甚至对别人生命的珍爱。洛松经常遇到道路中断、马匹中毒、翻越高原大坂等种种危险，他曾从马上摔下，发生过胃出血……但他十余年如一日，就是铭记着“一切为了生命，为了生命的一切”的伟大信条。

（二〇一六年秋学习偶得）

科学和人文

没有科学的人文，是残缺的人文；没有人文的科学，是残缺的科学。这是著名科学家杨叔子院士说的。医学与人文的关系，更胜于一般自然科学，尤为紧密，且不可分！

（二〇一六年秋读书笔记）

呱呱落地

医生说，
这是必需的第一次呼吸；
诗人说，
这是对生命的放声歌唱；
哲学家说，
这表明他（她）对问世是
多么不愿意！

0岁到80岁

0岁：在娘肚子里的一年，常常被忽略的年龄。

1岁：出生便是1岁。所谓虚岁是真正的实岁。

10岁：刚学会大便后把屁股擦干净的男生，或者为第一次来月经而惊慌失措的女生。

20岁：不知天高地厚。幻想当元帅，梦里做女皇。

手淫不自禁，以为接吻可以怀孕。气球因热情与激越而爆破，气球因气嘴未扎紧或有针尖眼儿小洞撒瘪。

30岁：娶了媳妇忘了娘，生了孩子不管孩子的爹。

40岁：不能再放荡不羁，不能再无所适从。—— 对男士。

不能再穿得短、透、露，不能再做人工流产。—— 对女士。

50岁：要知道夫妻还是原配的最好，孩子不一定是自己家的最好。

60岁：该想想，你不能做什么，而不是还想做什么。

70岁：好管事、爱唠叨，是挂在脖子上的两个重锤，使你驼背弯腰。

80岁：以前，人们坦诚地称老王、老李，后来恭敬地称王老、李老，现今背地里叫你“老不死的东西”。任何时候，都要有自知之明，不管多大年纪，不论别人叫你什么。

尿控

就是控制排尿，如控制不佳，即为尿失禁。

尿控与言控（就是控制说话）可有关系？

所谓幼稚，就是既憋不住尿，也憋不住话。

所谓不够成熟，就是憋得住尿，却憋不住话。

所谓成熟，就是既憋得住尿，也憋得住话。

所谓过度成熟，或者衰老，就是憋得住话，却憋不住尿了。

“三闹”

人的一生，以年龄、生理过程，自然有明确分期，若以“三闹”划分阶段，岂不更妙，又以女人为最宜。

试看：

“闹春期”：20岁以前。呱呱坠地，咿呀学语，蹒跚举步，两小无猜，青春萌动，异性吸引，谈情说爱，浪漫无拘，难免荒唐。

“闹生期”：20—40岁。谈婚论嫁，卿我周旋，经营家庭，流产、生产、避孕、节育、不孕不育，千方百计、不亦乐乎、不亦邪乎。

“闹更期”：40岁之后，生理变故，性腺衰萎、激素紊乱，莫名难过，功成名就，脾气大增，各方压力，不尽烦恼，遥遥无期，何时为了。真“多事之秋”！

问题在于，各期都要闹，闹得精彩，才热闹！闹得不好，闹得龌龊，也热闹！

生殖壮丽

生殖使生物得以繁衍，种系延续。生殖可以是简单的（如分裂），也可以是复杂的（虽然从分裂开始）。生殖是壮烈的！不少动物完成生育之后，便离世而去—— 此生的任务就是生殖，完成传宗接代。作为最高等动物的人，分娩前后的死亡率从千分之几到千分之几十，都发生过。

称“生产是母亲的鬼门关”毫不过分！

说“每个人的生日是母亲的苦难日”十分贴切！

所以要敬畏生殖、孝奉母亲。有些国家的“狩猎法”规定，不得射杀雌性动物和幼崽。蒙古族英雄嘎达梅林说：“只要有母亲和孩子，草原就有希望！”真是英雄气短，儿女情长。多么爷们儿！多么壮烈！

更壮烈的是一些鱼的生殖：成鱼在河流的上游产仔，顺流而下，逐渐长大。在河的入海口盘桓游弋，继而再溯流而上，发育成熟，然后，再产仔……要知道，无论是顺流或溯流，都要历经千辛万苦，遭遇危险，甚至人的捕食，会有大批减员。

更要知道，产仔后，它们就会光荣地死去，那是完成生殖伟业后必定的牺牲——漂浮于碧绿的江水之中，美丽的红色鱼肤，“血染”满江，何等壮烈！

这就是生命的歌！

生命是任何东西都不能补偿的，维护生命是人世间的最高奖赏。

关于外科

外科手术，一半是技术，一半是艺术。只有技术，没有艺术，手术难以尽善尽美；只有艺术，没有技术，手术又不能完成。而统率技术和艺术的是哲学，没有哲学，手术则失去方向，没了灵气。

如果说，外科解剖刀就是剑，那么外科大夫就要把自己的生命精华都调动起来，倾力锻造，像干将、莫邪一样，把自己熔铸进这把剑里……

外科解剖刀就是剑——是双刃剑，既可救人，也可杀人。既可伤别人，也可伤自己。

微创治疗高端论坛——从化论剑
从化论剑 十周年誌庆
中国妇科高端论坛联席大会
林巧稚妇产科学论坛
亮马河论坛
从化论剑
峨嵋论法
崂山论道
浦江论理
沈 铿 1993·12
向 阳 2016·07
张震宇 2014·12
余艳红 2007·03
陈春林

从化论剑

外科医生在手术台上，犹如舰长在操纵潜艇，他的镇定自若、机敏灵活、睿智幽默，都会使手术进入艺术之佳境。

医学

医学，或者医疗，没有现代科学、没有先进技术，就会落后、就难以发展；然而，医学或者医疗，没有民族传统、没有人文文化，就会异化，就会走向歧途。

医学虽然是一种知识和技术，却不仅仅是一种知识和技术，如果离开人文关怀的哲学理念，那知识和技术的价值实际是微不足道的。这是医生必备的自知之明和智慧之源。如果我们缺乏这种自知之明和智慧之源，我们就可能模糊了疾病的图景、混乱了施治的方案，甚至迷失了诊治的目的。

聪明的将军、机智的医生都要善于总结经验、接受教训、避开陷阱、开创坦途。

医生的情趣、修养、状态和追求，是其生活和工作的元素和动力。

艺术爱好与欣赏以及与科学、技术的结合，就不是可有可无的，而应该是一种必备的修养和品格。

文学的情感、音乐的梦幻、诗歌的意境、书画的神韵，都会给医生疲惫的头脑和枯燥的生活带来清醒和灵性。

当科学与艺术两者达到至真至善的境界时，便是交融之顶点。所谓科学的巅峰是艺术、艺术的巅峰是科学。

医学是改善人生、完美人生的艺术，体现美和艺术的追求和创造。作为医生，追求的美或者艺术是健康之美、生命之美、完善之美、仁爱之美和至真之美。

（二〇一六年秋学习偶得）

箴言

行医

是一种以科学为基础的艺术。它是一种专业，而非一种交易；它是一种使命，而非一种行业；从本质来讲，它是一种社会使命，是人类情感或者人类良善的一种表达。

做医生，要通天理、近人情、达国法。

医学——征询与风险并存，求索与征询不辍。

医生应保持对医学人文的眷顾，医生给病人开的第一张处方应该是关爱。

医生的美德与价值体现在：克己、利人、同情、正直。

不要把自己限定在一个狭窄的领域内，我们要学习的东西很多。

人之立人、立世、立业有三个条件：

才——能力、爱好、兴趣、灵性，多为天赋，一般学不来，不可学。

知——技能、阅历、经验，通过实践可以学来，是可以累积、可以增加的；

德——品格、操守、理念、信仰，要靠省悟、思辨来完成。

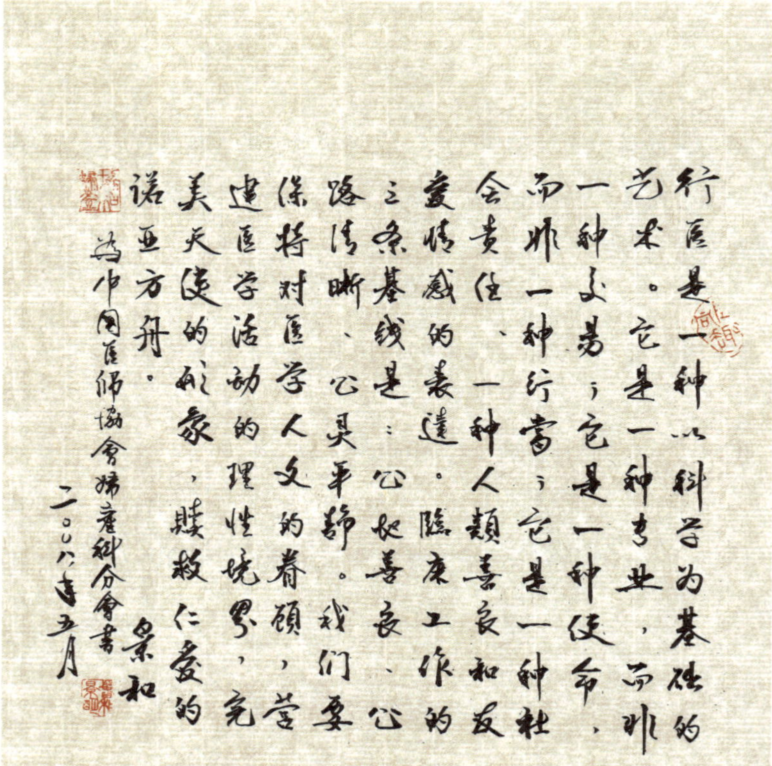
行医是一种以科学为基础的
艺术。它是一种专业，而非
一种交易；它是一种使命、
而非一种行当；它是一种社
会责任、一种人类善良和友
爱情感的表达。临床工作的
三条基线是：心地善良、心
路清晰、心灵平静。我们要
保持对医学人文的眷顾，学
建医学活动的理性境界，完
美天使的形象，践救仁爱的
诺亚方舟。
为中国医师协会妇产科分会书
景和
二〇〇八年五月

行医

科学求真，艺术求美，医疗求善。

绘画，不一定要理解，而是要人们动情；科学，不一定要人们动情，而需要理解。

医学，既需要人们的理解，也需要人们动情。

做医生要有：

仁性——仁心，仁术，爱人，爱业；

悟性——反省，思索，推论，演绎；

理性——沉静，沉稳，客观，征询；

灵性——随机，应变，技巧，创新。

做医生还要有几个趣：乐趣、兴趣、情趣。

医生必须有整体的眼光与宁静的心灵。

临床工作三条基线是：心路清晰、心地善良、心情平静。

要避免知识傲慢、技术傲慢、金钱傲慢、权力傲慢，做一个正直的医生。

医学体现着社会的精神道德底线，医生、公众与社会都应该维护它。

我们要保持对医学人文的眷顾，营建医学活动的理性境界，完美天使的形象，救赎仁爱的诺亚方舟。

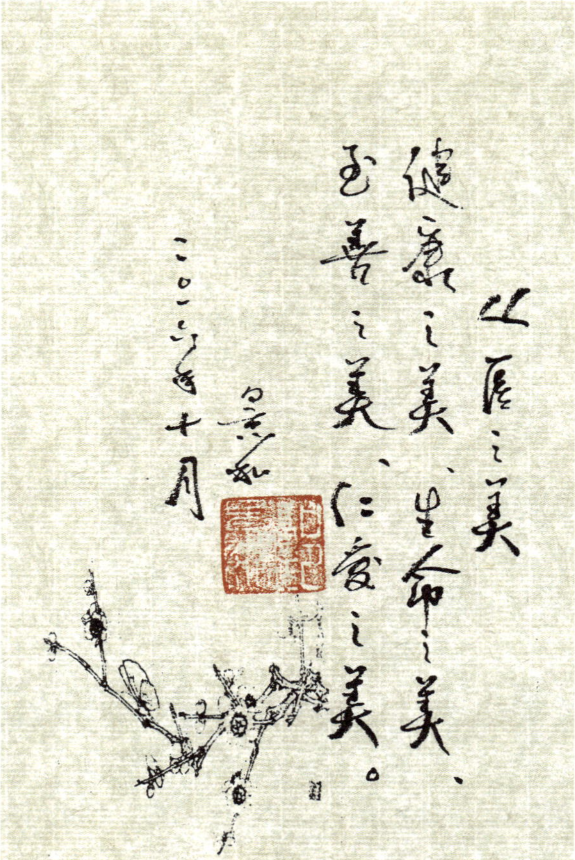
从医之美
健康之美、生命之美、
至善之美、仁爱之美。

从医之美

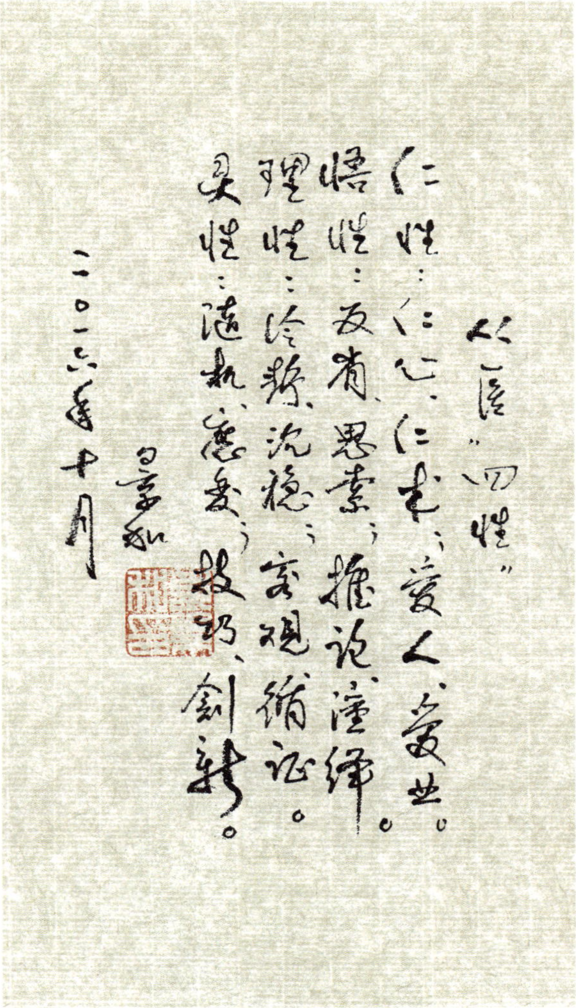
从医"四性"
仁性：仁心、仁术；爱人、爱世。
悟性：反省、思索；推论、演绎。
理性：冷静、沉稳；客观、循证。
灵性：随机、应变；技巧、创新。
景和
二〇一六年十月

从医“四性”

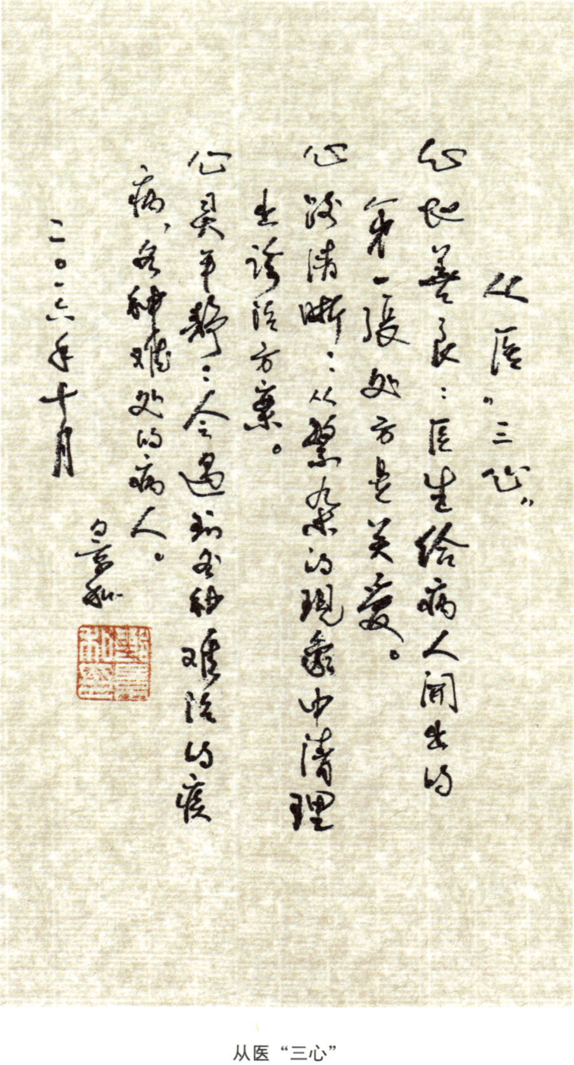
从医"三心"
心地善良：医生给病人开出的
第一服处方是关爱。
心路清晰：从繁杂的现象中清理
出诊治方案。
心灵手静：会遇到各种难治的疾
病，各种难处的病人。
二〇一六年十月

从医“三心”

术前谈话，不仅是谈话艺术，也是人文观念使然，是对人的尊重、同情与关爱的体现。

关系

各种利益（包括金钱与权势）相关交叉联络着，甚至现代网络、市场交易等正在日益广泛地操纵、冲击着人与人之间的传统观念，及其亲友的关系，形成复杂、多元、多变的现代人际关系。

医患关系也一样，而且更为微妙而有潜在危机。

“台风”

“台风”是素养、品格、个性、技术与经验的综合体现，是外科医生个人风格和全部特质的集中展示。

优良的“台风”是一种科学、一种艺术、一种哲学、一种人文景观。它常常包含以下诸方面的优秀品质和表达：睿智，机敏；沉稳，练达；谦和，协作；言传，身教。

手术最重要的因素有三个：一个是暴露，第二个还是暴露，第三个，仅仅暴露是不够的。

医生本身在疾病的诊疗过程中，也是在磨炼我们，我们要辨清好的、坏的、善的、恶的、美的、丑的。

医生要进入“角色”，病苦、欢乐与病人完全“合拍”。

医德和名誉不仅在于营造，也在于维系。

做科研，要有三个“I”：一个是学科交叉（Interdisciplinary），一个是整合（Integration），一个是创新（Innovation）。

科学研究常常是从兴趣开始的，最后形成了自己的一个责任，科学家的责任，或是社会的责任，然后形成了一种执着追求的精神。

希波克拉底说：疾病是一个自然过程，症状是身体对疾病的反应，医生的主要功用是帮助身体恢复自然力量。

一个故事谁来讲，一出戏谁来演，一首歌谁来唱，一个手术谁来做……诚然，这个“谁”非常重要，甚至是决定性的。所谓同样的事做起来可能很不相同，结果甚至大相径庭！ 所以，我们在做事情的时候（具体说到手术），必须选好做事的人（即施术者及助手）。

我们常常疏于隐蔽，我们常常碍于羞耻。——所谓保健科科普，除了宣传知识以外，还要摒弃羞怯、隐瞒和迷信，才能做到有效预防、及早发现和及时治疗。

卢梭：我觉得人类的各种知识中，最有用而最不完备的，就是关于人类自身的知识。

珍视自然的每一种状态，是尊重科学，是客观地看待科学。科学不是万能的。认识无限，而我们认知的程度和探索的范围总是十分有限的。

张孝骞说，病人是医生真心的老师！我们在临床工作中总是如临深渊、如履薄冰。

医生——在拯救病患中磨炼自己灵魂的高尚职业，包括各种难治的病，各种难处的人。

患者该多么需要睿智的医学体恤者：有时是治愈，常常是帮助，却总是给予慰藉；患者该多么需要理解贫乏的医学和乏术无力的医生。

我们都有保存生命的期望，但我们都需要理解、耐心和安静。

也许我们不缺乏相应的知识和技术，或者我们太看重知识和技术了，而职业洞察、职业智慧和职业精神则相形见绌或者空洞而苍白。

技术是要人来认识和掌握的。无论技术如何先进、如何完美、如何高超，如果对其理解有限、认识偏颇、掌握不当，依然不能体现其先进、完美和高超，甚至滑向其反面。

有时，要把问题复杂化，以探寻其细微；有时，要把问题简单化，以提挈其纲领。

拉罗什富科《道德箴言录》：当我们的缺点不暴露时，我们很容易忘记它们。

任何经验丰富的医生，都不可能亲身经历所有的疾病。经验是医生关心、体察和医治病人的结晶。医生的老师是病人。

無易無難

天下无难事有心人

天下无易事无心人

外科篆言

景星 二〇一二年仲秋元蝉

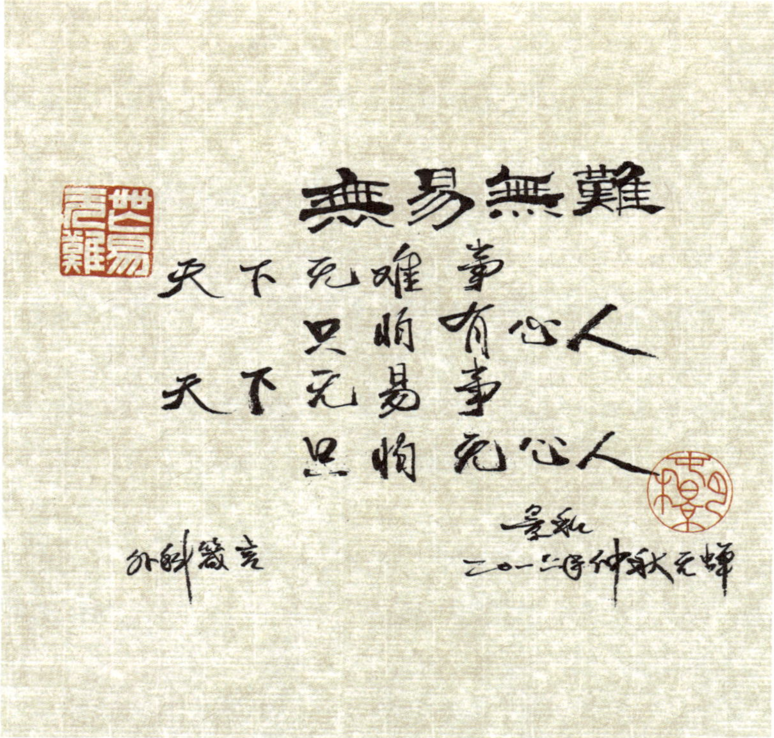

无易无难

美国一家报社办过一次题为“在这世界上谁最快乐”的有奖征答，其最佳答案有三个：1. 经历风险开刀后，终于挽救了病危患者生命的医生；2. 忙碌了一天，为婴儿洗澡的母亲；3. 作品刚完成，自己吹着口哨欣赏的艺术家。医生的甘苦能为人所知、所理解，足矣！

医生应该是一个细心的观察者、耐心的倾听者和敏锐的交谈者。

对待病人的“ABCD”原则：Attitude（态度），Behavior（行为），Compassion（同情），Dialogue（对话）。只有在病床边才能重新发现尊严。

美国的康蒂（C.R.Conti）大夫给我们开出了一个怎样做好医生的处方，共二十五条：

1. 一个好医生应该了解疾病的发病机制和病理生理，并能应用这些知识解决临床问题；

2. 一个好医生应该通过经常阅读文献，追踪近三四十年的医学最新进展，以此奠定自己坚实的医学知识基础；

3. 一个好医生应从所有渠道尽可能获得最多的资料，如患者、家属和记录；

4. 一个好医生应对偶然听到的患者某些既往病史进行质疑；

5. 一个好医生应具备良好的临床技能；

6. 一个好医生应就特殊目的进行特殊检查；

7. 一个好医生总是在寻找新的线索；

8. 即使患者疾病病因明显，一个好医生仍需寻找患者有无其他问题；

9. 一个好医生应注重细节；

10. 一个好医生应注重全部临床表现，而不仅仅是脱离整体的某个细节；

11. 一个好医生能就对患者的问题形成的最初临床印象进行再评价；

12. 一个好医生在诊断或治疗存在疑问时，能够向其他医生请教；

13. 一个好医生应随时监控患者的治疗情况，评价治疗过程是否恰当，以便及时修正；

14. 一个好医生能够将来自患者的病史、体格检查结果与实验室检查资料汇总，并进行整体思考；

15. 一个好医生应清楚、准确地记录临床诊疗活动；

16. 一个好医生应是一个教育家，能对患者及其家属进行宣教；

17. 一个好医生应清楚其治疗方案的潜在利弊、并发症以及不良反应；

18. 一个好医生，在讨论患者的检查结果或对患者进行治疗前，应确定患者完全清楚这些检查或治疗能够解决问题；

19. 一个好医生，当与患者及其家属谈论病情预后时，应温和、乐观，而又不偏离实际；

20. 一个好医生在采集病史时，应让患者讲述病情的发生、发展过程；

21. 一个好医生应知道其治疗计划是否有治病效力，还是临时的姑息手段；

22. 一个好医生应使患者知晓自己存在的特殊问题，病情有轻有重，多数居中；

23. 一个好医生应做到与患者交谈而非训话；

24. 一个好医生，当告知患者几种不同治疗方案时，不可要求患者一定选择要实施的方案，要尊重患者的决定；

25. 最后，如果对患者的临床评估与最初诊断不相符，一个好医生应做到不怕推翻自己的诊断。

外科医生要处理好三种关系：1. 主刀和团队：主刀是统帅，与助手、麻醉师和手术护士是一个和谐的战斗集体，彼此要密切配合、尊重。统帅主观武断，士兵疲沓松懈是打不好仗的。2. 大手术和小手术：每个外科医生都是从小手术做起的，而手术却无大小，只有会做不会做、做好做不好之分。3. 数量和质量：实践出真知，磨炼出本领。没有数量就没有质量，但数量还不是质量。外科医生要不拒大小、不拒难易、不拒种类，努力实践，不断积累。不能只看不做、只做不想、只想不学。要认真细致，反复回味，总结提高，这样才能有质量的提升。

三种外科医生：一是乐于开刀而乐此不疲，手技好，经验多，但不擅（或无暇）坐而论道或于纸上叙长短；二是理论广博，研究深厚，长于讲授，但刀下功夫并不十分精彩；三是两者兼具，文武皆优，难能可贵。

贝尔纳：生命科学就像一座富丽堂皇、灯火通明的殿堂，然而想要到达这座殿堂，却必须要穿过那长长的、可怕的厨房。是的，人们也许更愿意欣赏华丽之宫、美妙之肴，而不关注厨房，或许又太关注厨房了。

科学家是人民的无价之宝，若能磨砺瑕疵就更加珍贵。

对于那些已经把科学当成人类共同财富的科学家们来说，绝不会去斤斤计较成绩的大小和获得成果的先后这一类庸俗的问题。有志学习的人必须将勤奋与计划性、系统性、目的性相结合，否则望书生畏，将一无所得。

关于科普：写科普作品，也要讲究文字素养，也要有一个好的文风，更要讲究文字、讲究素养。

科普创作是一项职业本领和一种社会责任。

道——自然之途，天作地成，规律也。但多数人总想另辟蹊径，越规滥律，与天地作对，与自然相悖，与自己为敌。如争权夺利，残害杀戮，辛苦恣睢，尔虞我诈。然违道者必自食其恶果，试想，当最后一个细胞凋亡之时，无论生前如何伟大或渺小，都无碍于日月经天、斗转星移、江河不息、万物再生。

外科手术不是对器械和技术的炫耀，手术室里最重要的是病人。

医学不是纯自然科学，它是自然科学、社会科学和人文科学的结合。

一个好的外科医生需具备三种技能：1. 解剖；2. 技巧；3. 应急。

外科医生要处理好三种关系：1. 主刀和团队；2. 大手术和小手术；3. 数量和质量。

外科医生的三重境界：1. 得意；2. 得道；3. 得气。

外科的最高境界是外科决策，外科决策的制定在于正确思维，正确思维来源于外科医生本身的修养。

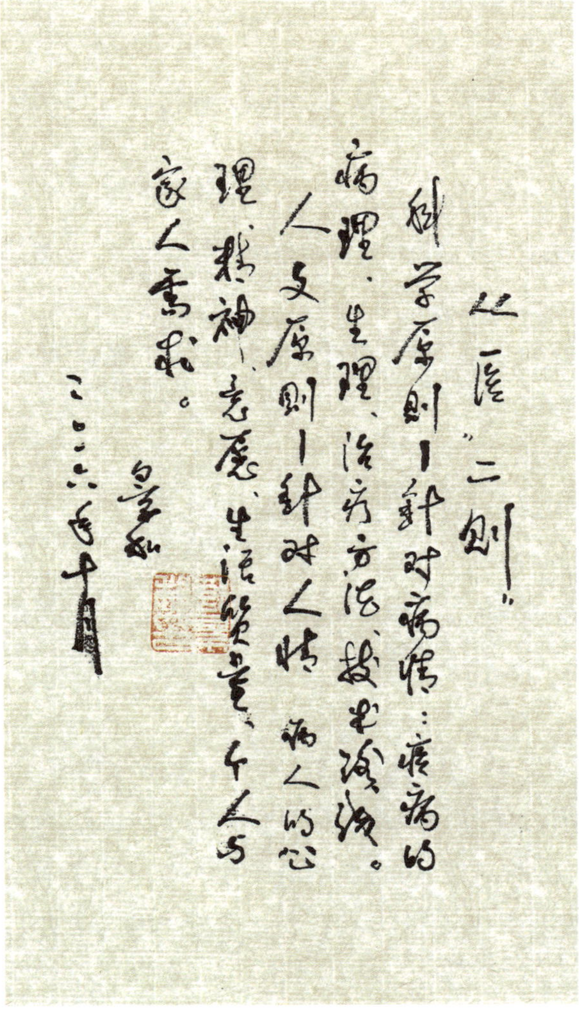
从医"二则"

科学原则——针对病情：疾病的病理、生理、治疗方法、技术诊治。

人文原则——针对人情：病人的心理、精神、意愿、生活质量、个人与家人需求。

白书知

二〇〇六年十月

从医"二则"

医学是人类善良的情感和行为，是随着人类痛苦的最初表达和为减轻这种痛苦的最初愿望而诞生的。

医生彷徨于科学技术与公益功利之间，求索如何救赎仁爱的诺亚方舟。

技术方法的选择必须符合疾病处理的规范要求，不能削足适履，为使用某种技术而勉强为之。

科学技术可以是天使，也可以是魔鬼。让科学技术带给医学利剑，帮助病人驱除病魔吧。

经验是实践，经验靠积累，经验需升华。

也许我们常常无法去做伟大的事，但可以用伟大的关爱和仁慈的心来做些小事。

我们要始终保持敬畏之心。敬畏生命，生命属于每一个人，只有一次而已，弥足珍贵；敬畏患者，他们把生命交给我们，患者是医生的真正老师；敬畏医学，医学是未知数最多的浩海，是庄严神圣的事业；敬畏自然，自然不是神灵，是规律和法则，要去探索、认识和遵循。

在医生的从医生涯中，科研仍然是非常重要的，所谓医疗是主体，科研教学是翅膀，只有翅膀坚硬才能高飞远翔。

营养的价值在于消化力。

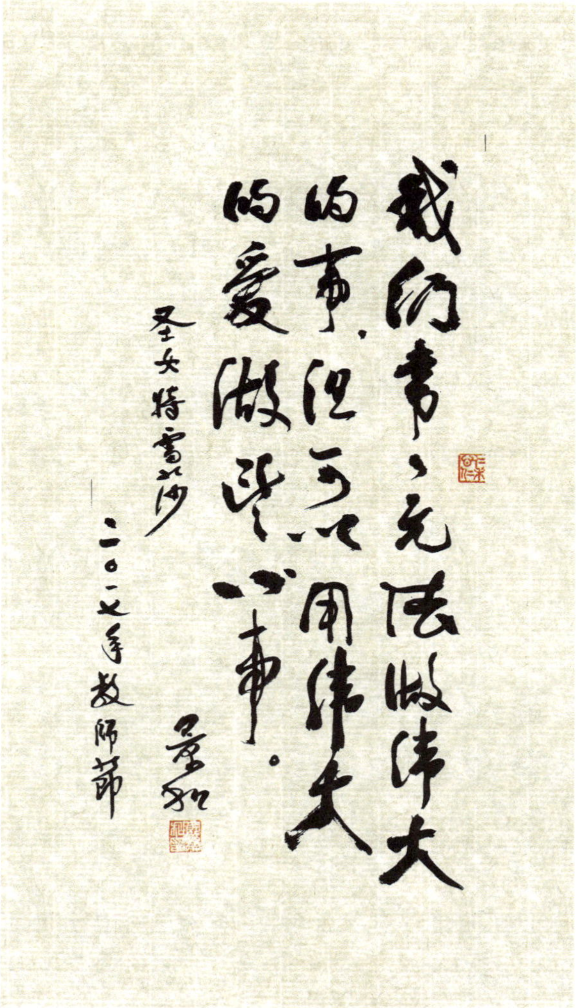

我们常常无法做伟大的事，但可以用伟大的爱做些小事

医院——病人的十字路口，所以，通常用十字符号做标志。

痛楚——疼痛只是肉体的感觉，若痛苦有了味道，则痛楚就到达了心灵深处。

死亡——死亡隶属生命，正如诞生一样。举足是走路，落脚也是走路。所以古希腊哲学家伊壁鸠鲁说：“死，不是死者的不幸，而是生者的不幸。”如若大家都想得开，则生者与死者皆无不幸也。

我认识许许多多聪明的大夫，见过他们治疗了许许多多的病人，知道他们治愈了许许多多的病，却也知道他们治愈了许许多多没有病的人。

宁静——我们寻求静，不是安静，不是寂静，安静和寂静只是没有声音，而宁静则有心境。心静自然静，宁静而致远。宁静是意境。

难处——困难的位置，困难的问题，困难的境况，最需要理解与帮助。可以不褒奖与赞美人家的长处，也可以不遮掩与袒护人家的短处，但应该关心人家的难处……

难看——真正的难看不堪者绝少。多数的难看不在脸上，不在身上，而在内心、素质和行为上。

目标——自己或别人为你设置的人生驿站，达到后，可以歇一歇，吃顿饭，睡一觉，再赶下一程，千万别太累了。

良相与良医——良相不必老实，而良医必须老实。

经验 = 理论知识 + 经历实践 + 分析思考，还应该再加上两个字：记忆。

医生是按照医学规律去审视病情、决定处理方案的，更想减少复发和进展，常常是相对的；病人是按照自身体验看待功能障碍或者问题的，更想减少副作用和痛苦，常常是绝对的。

我们和许许多多被她教育、被她救治、被她感动的人们一样，永远谨记她留给我们最好的礼物：对知识和技术的渴望，对真理的追求和理解，对人的善良、同情和关爱，以及用毕生力量改善人与社会健康的智慧。

（纪念、学习林巧稚大夫）

一个人一旦成了我的病人（请注意：我的病人），那我便应该关爱他、体恤他、帮助他，甚至谦让他；为他悉心诊治，周到照顾，全面考虑他的一切：精神的、心理的、身体的、家庭的……我看重医生这个职业，我尊崇这个职业，毫不计较，无怨无悔。这就是我的哲学，我的信条。

印度佛的信念——我只教一件事，苦和苦的消除。医生的信念——我只做一件事，病和病的消除。

医学总是在其他科学的前拉后推下“爬行”。医学的发展、医生的技能远远滞后于疾病的发生和发展。

医患交流的技巧：一、尊重与倾听；二、耐心与接受；三、坦诚与沟通；四、肯定与澄清；五、引导与总结。

医生要好好讲故事，讲好故事。为了公众、为了病人，也为了医学。

等待之于医事，是诊断或治疗的一个过程，无论对医生还是对病人。等待是一种人生哲学、一种心态、一种信仰、一种期盼，更是一种修炼。

有时，甚至暂时不用任何手段的治疗，只是在医生的观察之下，在病人的感觉之中，所谓“期待疗法”。这时，等待就是治疗过程，等待就是最好的治疗！

质疑有乐趣，质疑有苦恼。

医生缺乏共鸣或者同情，应该被看作技术不够，是无能力的表现。

听诊器越来越高级了，但医生和病人离得越来越远了，医生成为操纵机器的技术专家。

印度湿婆大神的教旨或使命是：创造、破坏和修复。行医的使命与此是一致的。破坏与去除虽不易，修复与重建更困难。

法国医生达杰：外科医生的职责并不是创造吉尼斯纪录，而是让我们的患者信任我们，并为患者提供适合他们的治疗手段。

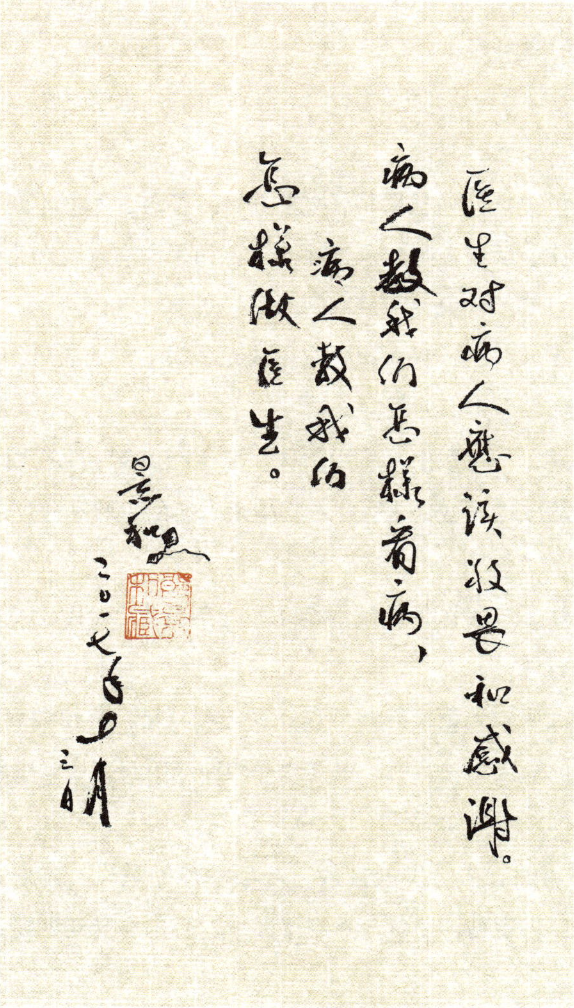

医生对病人应该敬畏和感谢。
病人教我们怎样看病、
病人教我们
怎样做医生。
景和
二〇一七年
三月

敬畏病人

上台容易，下台难。一位成熟的外科大夫，要有明智的策略决定如何上台，也要有更明智的策略决定如何能下得了台，如何应对意外和险情，甚至何时适可而止。

外科大夫与为官者不同，后者为下台懊恼沮丧，而前者为下台欢欣鼓舞。

美国医学史家西格里斯特：如果不是活着的艺术家不断重演巴赫和莫扎特的旋律，两位大师就永远地死了。如果没有普通医生每天贯彻执行巴斯德和科赫的学说，两位大师的平生事业也就白费了。我们当然要感谢这些医学大师们，也应该感谢无数无名医生。他们用无私的默默行动，履行了伟大医生们的教导。

一所医院、一位医生，将用历史和毕生在病案中书写对医学、对病人、对生命的敬畏，这也是医疗过程中最真实的感验和庄严的仪式。

绘图表达了外科医生的解剖概念和精确技术；绘图也是形象思维的最好训练和表现。

从医生涯中，无论巅峰和低谷、受苦和犯错、喜悦和哀愁，只要和医学同步、同病人合拍，就一定会让光明冲淡阴暗，让激励驱赶气馁。

一种疾病的发生、发展规律，一项治疗的适应、禁忌，必须去认识、去适应、去遵循，违背自然规律办事，必定要受到惩罚。

尊敬老人，尊敬师长，尊敬同事，尊敬学生；要有畏惧，要守规矩，忌放肆，谨行事，勿非为。

临床技术是在一个活的机体上完成一种仁爱之举，而并非一尊雕塑。

林巧稚大夫：街上的鞋匠，经过训练也可以完成一个手术，但他当不了大夫。匠人好做，大夫难当。

兴趣是发明、创造的原动力，是成就事业的原料。

一个有良知的科学家，特别是医生，总是将自己的兴趣和注意力聚焦于国计民生、大众健康最迫切需要解决的问题上。完全钻进自己筑建的“象牙塔”里孤芳自赏者，不会是有出息的科学家。

英国作家萨克雷：如果你从没做过傻事，那么你大概不会成为智者。

奥斯勒：医学是不确定的科学和可能性的艺术。

手术室里，无影灯下，安谧庄严，没有纷乱嘈杂，没有飞短流长。

好的外科大夫是尽量不做手术的。能不开刀解决问题的，当然无须开刀；能减少损伤的，尽量采用微创。所谓，将军决战何止在战场。

科主任至少要做到三点：协调管理、解决问题和承担责任。

当实验结果、检查报告，或者图解说明以及文字描述与实际状况或者观察发现不一致时，首先应该想到那些“报告”是否有问题，而不是其反面。这是个很简单而深刻的道理，我们却常常忘记。

（丁酉春，于旅途）

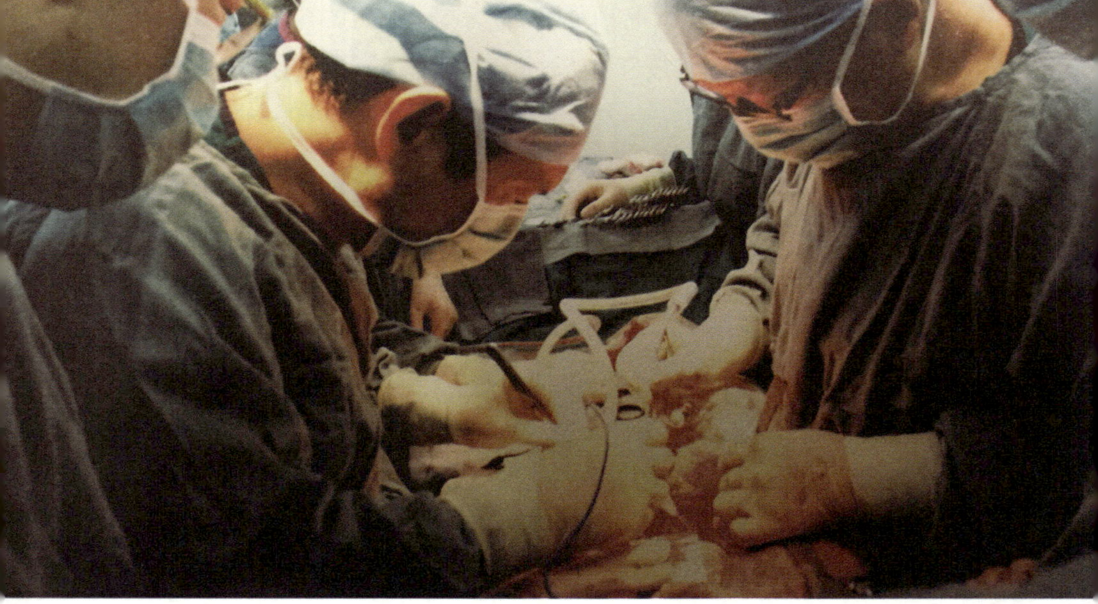

手术台上

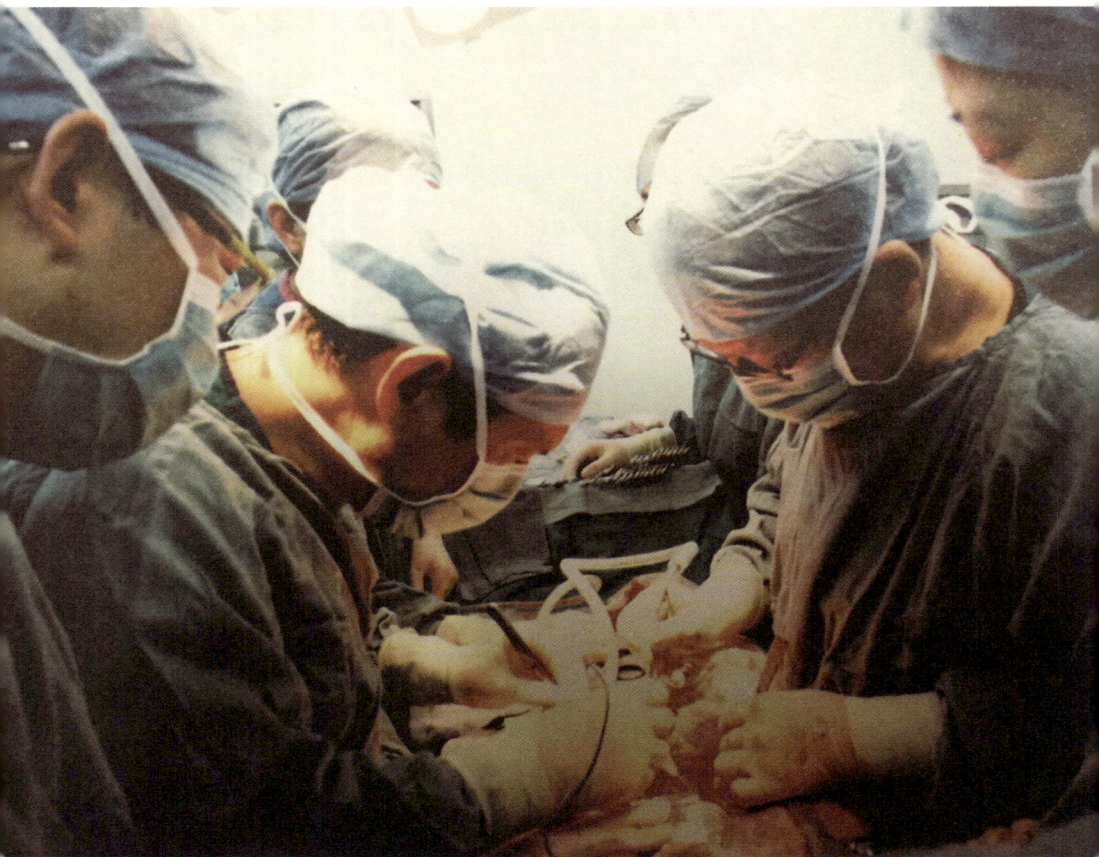

没有劳苦，哪里有惬意？没有惬意，劳苦何以得到报偿！

我们得学会面对与接受偶然的失败，而不应灰心与沮丧，还得有准备它可能再次被遭遇！但要尽量避免重蹈覆辙。

（二〇一六年秋）

我们可以说：真正给我们打分、评奖的是我们的病人、医生同道，以及学生们。

我们考虑的不仅仅是疾病，更重要的是病人。

我们都想把工作做好，但是，当我们手术做得很多时，我们所遭遇的危险就跟做的手术很少时一样多了。

（二〇一六年仲秋）

保健养生或可延年，长生不老终是枉然。

保健靠自己，看病靠大夫。

（为《生命时报》的题词）

病痛、死亡、新生，这些医学的“平常事”催生了文学、艺术、哲学，是作家、艺术家的灵感源泉和原动力。

在医学中看到希望，在文学、艺术、哲学中获得安慰、平静、力量和勇气。

（丁酉年春）

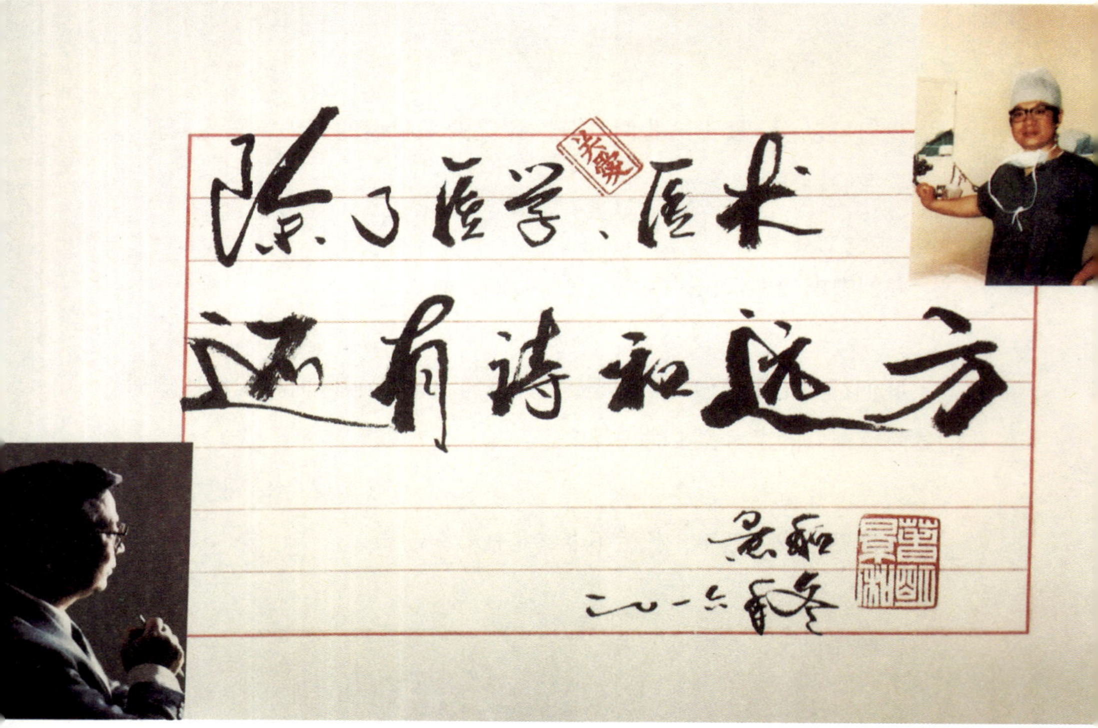

还有诗和远方

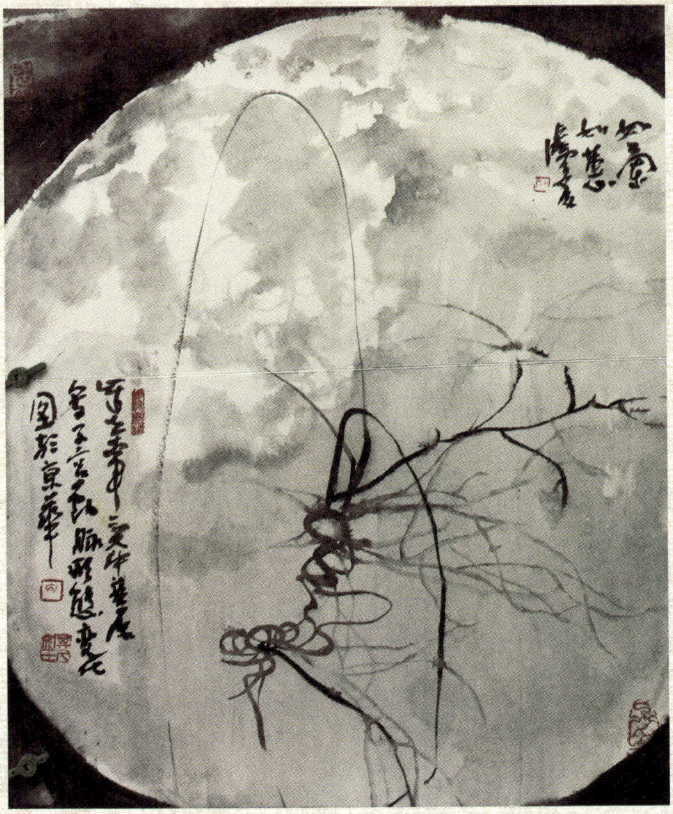

血管造影形如兰花——尹沧海作

悟语

决策

一个完美的手术，技巧只占 25%，而决策要占 75%。

决策的基本原则是：1. 充分的事实和证据；2. 周密的设计和方案；3. 审慎的实施和操作；4. 灵活的应急和应变；5. 全面的考量和考虑。

好的外科医生相信他所看见的，差的外科医生看见他所相信的。

尊重

尊重别人不意味着为谁隐瞒缺陷，而是为了更好地弥补缺陷。

疾病

生殖器官可能因太老而失去功能，但却不会因太老而不长肿瘤。情况通常相反。生殖器官可能因为老用而疲乏无力，更可能因为老不用而无事生非。

哨兵常常第一个发现敌人，哨兵也常常是第一个牺牲者。——前哨淋巴结

林巧稚说：有时，你把患者的病痛解除了，可是她并不幸福，你还要考虑到她的婚姻、家庭和孩子……妇科恶性肿瘤保留生育功能的治疗。

性

性，生之桥；性，爱之链。——人与性

贞操不是解剖学而是伦理学的一种概念。

洁身自好，重要的是身心。科学家要把问题简单化，政治家却常把问题复杂化。科学家要善于从纷乱复杂的事物或现象中找出规律；而政治家则从平常、简单的表象中察觉苗头和动向，以“青蘋之末”致狂风大作。

多余的，恰恰是缺陷。——性之畸

各种各样的干柴，燃旺了性爱的篝火。——内分泌与性

惠特曼：爱，不是一种单纯的行为；爱是一种气候，一种由心灵而形成的气候。——性之心理要素

性爱是给予、接受和分享。——性生活和谐的建立

浊者以为淫，清者以为圣。

浊者以为愚，清者以为智。

我把心灵愿意体验的所有感觉，称为快乐；我把心灵不愿意体验的所有感觉，称为痛苦。——避孕套之功

增加的，有时是一种解脱；减少的，有时是一种负担。

情欲，既可以把你送入宁静的港湾，也可以把你卷入灾难的漩涡。——性与性病

所有的快乐并不都是来自痛苦的中止；所有的痛苦也并不都是来自快乐的中止。——性与性病

不痛苦不意味着快乐，不快乐也不意味着就一定痛苦。

如果你自认为年轻，那你就是年轻的；如果你自认为老了，你就真的老了！——《女性之性过渡》

金赛：世上的事情不都是白色的，也不都是黑色的。——同性之恋

人生活在世界上，要享受各种各样的自由，也要承受各种各样的限制。自由不一定都是快乐的，限制也不一定都是痛苦的。——性与法律

史宾赛：除非所有人都获得自由，否则没有一个人是完全自由的；除非所有人都过得快活，否则没有一个人能被认为是完全快乐的。——性犯罪

看人或看有色玻璃，都要从他们最光彩的地方着眼才公道。——性的美育

我在保留生理和生育功能的讲演中，引用了一句话，这就是：
草原上只要有女人和孩子，草原就有希望。

英国妇产科学家邦尼：为着半打纯属良性的肿瘤而切掉年轻女性的子宫，意味着一次外科手术的彻底失败。

成熟的外科医生知道什么时机应该手术，什么情况要扩大手术范围，什么时候适可而止。只有辨证，才能应付裕如，游刃有余。

医生做诊断，像是警察捉凶手，未果是常有的事。——“凶犯”在逃：转移性恶性肿瘤。

古代医言：药治不好的，要用铁；铁治不好的，要用火。—— 药之后的手术，是铁；铁之后的能量是火。古人的预言高明！

妊娠滋养细胞肿瘤是上帝给人的第一个癌瘤，也是上帝给人以治愈的第一个癌瘤（妊娠后）。——制服绒癌庇荫后代。

而子宫颈癌则是人给人的第一个癌瘤（HPV 感染后）。——也是可以预防、可以消灭的。

只有保护自己，才能消灭敌人；只有消灭敌人，才能保护自己。——化疗副作用难免，并发症要慎防。

林巧稚大夫：妊娠不是病，妊娠要防病。

奥斯勒：你懂得了子宫内膜异位症，你就懂得了妇科学。

子宫内膜异位症像是一个经常给你找麻烦、给你带来痛苦，却又不想真正害死你的“精灵”。

正确看待月经对疾病的警示作用：正常月经是女性健康的一个标志，一如月之盈缺，当合乎常道，不可等闲视之。

解剖就是行车路线，解剖不灵，寸步难行。

保留神经的宫颈癌根治术中保留神经的三重境界：一是手下有神经，脑中无神经——手下的神经不一定是神经；二是脑中有神经，手下无神经——手下功夫不及；三是脑中有神经，手下也有神经——这就对了。

毫不夸张地说，这根线缝在你的宫颈上，实际上也是勒在我的脖子上。我们要共同度过这半年多的紧张、不安与期待——宫颈环扎术后如是说。

手术与写作。手术是惬意的事，写作也是很惬意的事。如果你做了一个成功的手术，如果你写出一篇有意义的文章，那时的感觉，便是惬意。

手术是很劳苦的事，写作也是很劳苦的事。无论怎样的手术，都须小心谨慎，如履薄冰，如临深渊；无论怎样的写作，都要斟酌再三，皓首穷经，那时的滋味，便是劳苦。

医学绘图四阶段：想、看、摹、画。想者，是“日间练武，夜间习文”，回顾、“反刍”检查或手术过程，构成形象概念。看者，一是看现场手术；二是看手术解剖图谱，思索解剖与手术；三是看绘画作品，体察绘画意境、熏陶艺术品质。摹者，是鉴赏，是临摹描绘，并根据专业观察体验，形成自己的构想。画者，就是解剖熟了，观念形成了，画法掌握了，表达裕如了。

医学画家奈特：阐明主题是绘图的根本目的和最高标准，作为医学艺术作品，不管绘制过程多么美好、多么有技巧，如果不能阐明其医学观点，就将失去价值。

施行显微外科或内镜手术时，经常提到几项技术原则：保持湿润、保持无血、保持清晰、保持轻柔、保持速度，其根本是保持微创。这些原则也适用于任何一个手术。

在严重威胁健康和生命的癌魔面前，保持冷静，如绝经后出血：哪怕就一点儿，哪怕就一次，哪怕就一天，都一定要去做检查！

对于"反动派"，消灭一点儿，舒服一点儿；消灭得多，舒服得多；彻底消灭，彻底舒服。——用于卵巢癌肿瘤细胞减灭术

在做子宫肌瘤剔除时，请记住农夫的话：在收获的马铃薯地里，我们总可以找出遗留的马铃薯。

破坏是单纯的，而建设是各种各样且复杂的……

微创不仅仅是一种方式，还是一种观念、一项原则。所谓"微创"

也可以变成“巨创”。

青春期女性保健四句箴言：腹痛莫忘妇科，腹胀务必检查；肿物不可姑息，出血乃为紧急。

育龄期女性的保健箴言：这是所有女性的黄金岁月，你可以摇曳迷人的舞姿，可以吟唱美妙的旋律，你应该健康而充满活力，因为你是人类繁衍的母体。

更年不是衰老之年，正像列车在转弯时要经历颠簸一样，度过了更年期，恢复了平稳和协调，前面又是坦荡的路。

如果我们把更年期比作秋天，那么，请记住纪伯伦的这段话：“在秋天，我收集起我的一切烦恼，我把它们埋在我的花园里。四月又到，春天来同大地结婚，在我的花园里开出与众不同的美丽的花。”

建立信心，是极为难能可贵的——我甚至想把这比喻为面对敌人的刺刀和枪口，或者遭遇洪水猛兽时的那种泰然、镇定和机智，也不啻为一种英雄行为。

世间的很多麻烦是因为位置没有搞对。——手术体位很重要

得了癌症如何善待自己，周围的人又该如何打破构筑在她们心理外围的壁垒，这是克制癌瘤的并不亚于医生处置的不可忽视的一条战线！

如果我们实在治不好她们的病，那就应该让她们活得好一些，痛苦少一些。

癌症给患者带来痛苦，使其生存受到威胁，但也令其更好地理解生活，珍重并热爱生活。她们会在和病魔做斗争中，在困惑和希望、痛苦与关怀的磨砺中取得平衡、树立信心。

让我们与癌共舞！

论道

三千年读史，不外功名利禄。

九万里论道，终归诗酒田园。

医学如瀚海，须得皓首穷经。

哲学似明镜，老庄谈笑人生。

[《崂山论道》（医学人文论坛）]

论理

行到水穷处，坐看云起时。

沉思浮躁中，得悟功利外。

循证觅缘由，考量费思索。

理在实践中，寻常不知数。

[《浦江论理》（上海妇产科学论坛）]

论剑

琴拨幽静处，茶点溪桥边。

读书黄昏后，理论不寻常。

解剖刀上功，有心定乾坤。

鸿儒皆谈笑，剑拔光出鞘。

[《从化论剑》（妇产科手术论坛）]

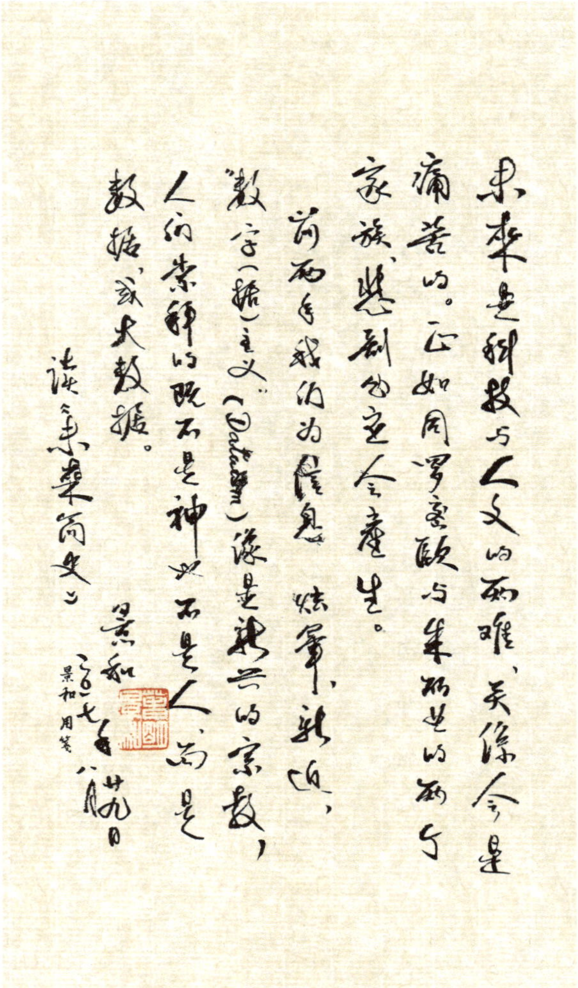

未来是科技与人文的两难，关系会是痛苦的。正如同罗密欧与朱丽叶的两个家族，悲剧必定会产生。

前面有我们的信息、演算、新冠，"数字（据）主义"（Dataism）将是新兴的宗教，人们崇拜的既不是神也不是人，而是数据，或大数据。

读《未来简史》之

景和

二〇一七年八月廿九日

景和 用笺

未来医学

论法

峨眉有仙峰，普贤白象骋。

法力无边去，送我渡嘉陵。

[《峨眉论法》（妇产科诊治化论坛）]

在这个世界上，唯一具有普世一致性的行业就是医疗。无论走到哪里，医疗所遵循的规矩相同、所怀抱的志向相同、所追求的目标也相同。

这种普世一致的同构性，正是医疗的最大特色，它是法律所没有的，也是教会所没有的，即使有，其程度也有所差别。

——威廉·奥斯勒

一个学医的人，不看书，仿佛水手出海没有海图；但学医而不看病人，根本就是没有出海。

——威廉·奥斯勒

现在又在大肆鼓吹人工智能看病了，要代替医生，要办人工智能医院……医生成为躺在无人驾驶船上睡觉的“船长”。

奥斯勒的话，至今依然是至理名言：医生必须看病人，并与病人对话。如果你仔细倾听病人诉说，你就有诊断方案。

听诊器或者类似功能的东西越来越高级了，但医生和病人离得越来越远了。医生成了操纵机器的技术专家。

一所医院，一位医生，将用历史和毕生在病案中书写对医学、对病人、对生命的敬畏，这也是在医疗过程中最真实的感验和庄严的仪式。

史怀泽（A. Schweitzer，1875—1965），一位集医学、神学、艺术于一身的伟大人道主义者。让我知道如何做个医生，或者做一个什么样的医生。他诠释了巴赫的音乐，他到非洲开小诊所……　也许在本质上，他是位艺术家，只有在广大无边的艺术天地，他才能体验三位一体的人生绝妙。而只有崇高的人道主义，使他得以将人类的生命置于世俗的虚荣之上。

史怀泽医生是一九五三年诺贝尔和平奖获得者——他将其一生完全奉献给免费医院。请读读史怀泽。

三

恩思录

永远记着老师

2015年教师节

教我们的人，永远记在心里，

从咿呀学语，到大学讲堂；

教我们的人，永远叮嘱着我们，

从孜孜勤学，到毕业留言；

教我们的人，永远关注着我们，

从咫尺相隔，到如影随形；

教我们的人，永远是我们的底色，

从青出于蓝，到青胜于蓝；

教我们的人，永远是力量的源泉，

从托扶的双手，到坚实的双肩；

教我们的人，永远是闪烁的明星，

从指引迷途，到勇敢向前；

教我们的人，永远不能相忘，

从江河行地，到日月经天……

晏和 2015.9.10

妇女的保护神。

——林巧稚大夫

我们每年都要开会纪念林巧稚大夫。也许，现今很多医生都并没有见过林大夫，但大家都会感觉到她的存在。这使我想起一位城市市长的墓碑，上面写道："如果你想寻找他的纪念碑，就请环顾你的周围。"林大夫永远在我们周围，林大夫永远在我们心中。

一九八一年林大夫八十寿辰，作诗一首：

从鼓浪屿日光岩的小路，
到协和汉白玉的台阶，
您的脚步总是那样轻盈、快捷；

从曼彻斯特医学院的校园，
到芝加哥大学的讲堂，
您还是那一成不变的中国旗袍
和梳理不乱的发髻。

从说"男同学能得一百分，
我要得一百一十分！"的
好胜、倔强的小姑娘，
到为妇女的解放和健康
奔走操劳的不屈战士，
您清瘦的身体里蕴藏着怎样

办公室里，林大夫高瞻于上

深刻的睿智
和铁打的刚强！

从“不为良相，当为良医”的志愿，
到为祖国、为同胞
抽丝到老的春蚕，
您从不停歇、从不停歇啊，
甘于奉献。
您亲手接生的孩子千千万万，
他们又有了孩子万万千千。
谁能说您总孑然一身？
您是真正的母亲啊，
孩子无数，仁爱无限。

您悉心培养的学生桃李满天下，
他们又有了学生，天下满桃李，
这到处结实的硕果、浓郁的芳菲，
不正是
您用毕生的心血撰写的巨著鸿篇。

今天，我们为您
点燃八十支红烛啊，
您却早已在亿万人心中
点亮起生命的绿灯——
照耀到永远！

中国医师协会妇产科分会“林巧稚杯”颁奖词

我们和许许多多被她教育、被她救治、被她感动的人们一样，永远谨记她给我们留下的最好礼物：

对知识和技术的渴望，

对真理的追求和理解，

对人们的善良、同情和关爱，

以及用毕生力量改善人与

社会健康的智慧。

一个医生、一段人生的价值如何去衡量？

重要的不是自己得到了什么，而是给予了别人什么；

重要的不是自己成功，而是做了哪些有意义的事情；

重要的不是自己学到了什么，而是传授给了别人什么；

重要的不是辛苦恣睢、谋权图利，而是心怀悲悯、甘于奉献，

使他人受到鼓舞，得到帮助，获得益处；

重要的不是能力，而是品质；

重要的不是认识多少人，而是让多少人念记；

重要的不是名声，而是让人传颂——

像我们敬爱的林大夫那样。

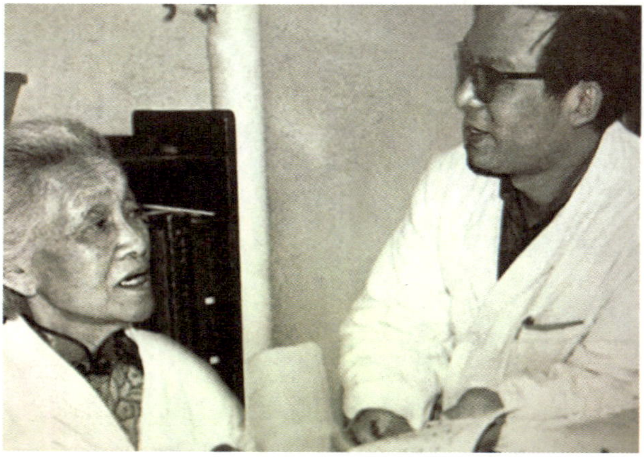

林大夫与郎大夫（1980 年）

为张孝骞教授仙逝写的挽联

协和泰斗，湘雅轩辕。

鞠躬尽瘁，作丝如蚕。

待患似母，竟解疑难。

戒慎恐惧座右铭，严谨诚爱为奉献。

功德堪无量，

丰碑驻人间！

战乱西迁，浩劫逢难。

含辛茹苦，吐哺犹鹃。

视学如子，谆谆无厌倦。

惨淡实践出真知，血汗经验胜宏篇。

桃李满天下，

千秋有风范！

纪念张大师孝骞教授

一九八七年八月二十六日祭

吴葆桢大夫逝世十周年祭

葆桢大夫，我们的导师，
我们的兄长，我们的朋友——

十年倏忽，先生在这里静息：
西山之隅，桃李之中，
晨有鸟雀叽喳，暮有雾霭层染。
无繁杂相扰，免尘世攻讦，
可瞑目遐想，任神游广泰。

先生辛劳，得以休顿。
先生苦心，聊以慰藉。

上天授寿太短，英华正茂夭断。
学贯中西酬壮志，融汇今古总旷达。
调侃风趣愉悦于人，
忍耐宽容负重于己。

循循善诱，诲人不倦，良师难得；
耿耿阿直，慷慨不吝，益友何求。

先生为师，为兄，为友，
呕心沥血，仁义彪炳。
先生为国，为民，为家，

肝脑涂地，忠孝两全。

虽然时光荏苒，
弟子思念之情不衰；
纵然风雨飒飒，
弟子感恩之心日盛。

一年一度，百解千绪。
全在拜谒一鞠，先生休怪其低；
十年十度，百转千回，
盖因热血一腔，先生神知为高。

每香烟缭绕，与先生同吐纳；
尝名酒佳肴，与先生同酩酊。
先生仙去常归，先生音容依旧。

聆先生教诲，铭刻于心，
岂敢懈怠，唯奋发进取。
幸能成绩斐然，出类拔萃。

蒙先生嘱托，重任在肩，
怎能疏淡，必众志成城。
方可执学科牛耳，列队伍前茅。

高远之势，在于巨人肩托之功；

雷霆之力，赖于大地含蕴之能。

先生是巨人，先生是大地。
先生张山林枝叶，
先生扬瀚海波澜。

华盖呵护我身，甘露滋润我心。
鲜花乍绽放，绿树已成荫，
祈先生美哉，安哉！
烟火冲天去，酒气升寰宇，
愿先生悠哉，乐哉！

二〇〇二年三月九日祭于福田公墓

前排左二江森，左三郎景和，左四吴葆桢，左五苏应宽（1991 年 6 月 14 日）

致严老

二〇一四年，适逢严仁英教授百年华诞，献诗一首，祝她健康长寿：

敬祝泰斗百华诞，
严师慈母谱心丹。
仁爱恩泽惠四海，
英杰巾帼照医坛。

致江公

二〇一〇年九月，正值江森教授九十大寿，作诗一首，谨致敬意：

泰山之麓，大明湖畔。

斗牛之气，师表非凡。

江河之长，风起源远。

森林之原，范典霄汉。

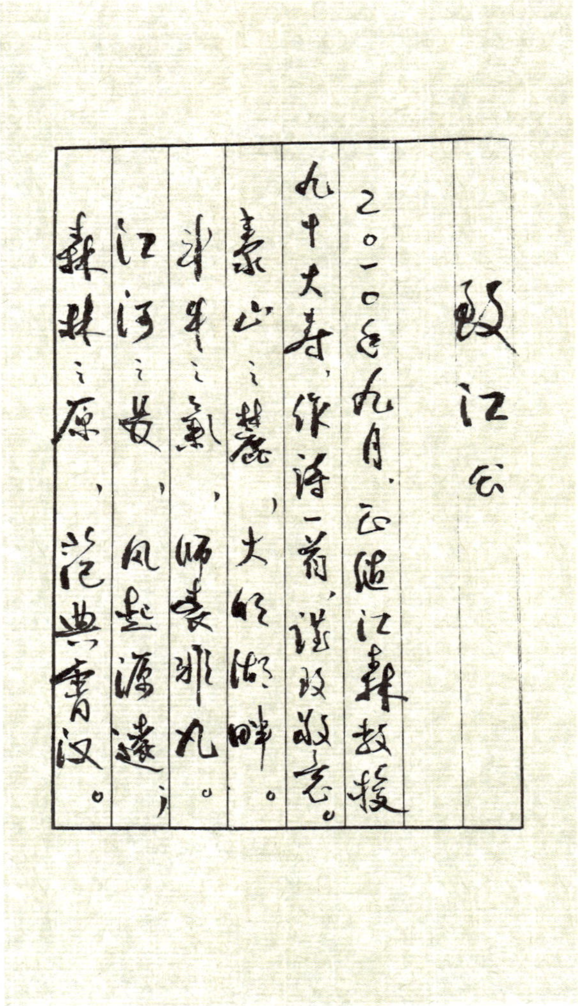

致江公

二〇一〇年九月，正值江林教授九十大寿，作诗一首，谨致敬意。

泰山之麓，大明湖畔。
水生之气，师表非凡。
江河之长，风起源远；
森林之原，范典青汉。

致江公

致叶老

敬仰师长老寿星，
叶茂根深靠耕耘。
惠风和畅甘露雨，
芳芬桃李满乾坤。

祝贺叶惠芳教授百年华诞

二〇一六年八月

叶惠芳百年华诞

永远记着老师

教我们的人，永远记在心里，
从咿呀学语，到大学讲堂；
教我们的人，永远叮嘱着我们，
从考前辅导，到毕业留言；
教我们的人，永远关注着我们，
从仙凡相隔，到如影随形；
教我们的人，永远是我们的底色，
从青出于蓝，到青胜于蓝。
教我们的人，永远是力量的源泉，
从托扶的双手，到坚实的双肩；
教我们的人，永远是闪烁的明星，
从扑朔迷离，到勇敢向前；
教我们的人，永远不能相忘，
从江河如逝，到日月经天……

二〇一五年九月十日，教师节

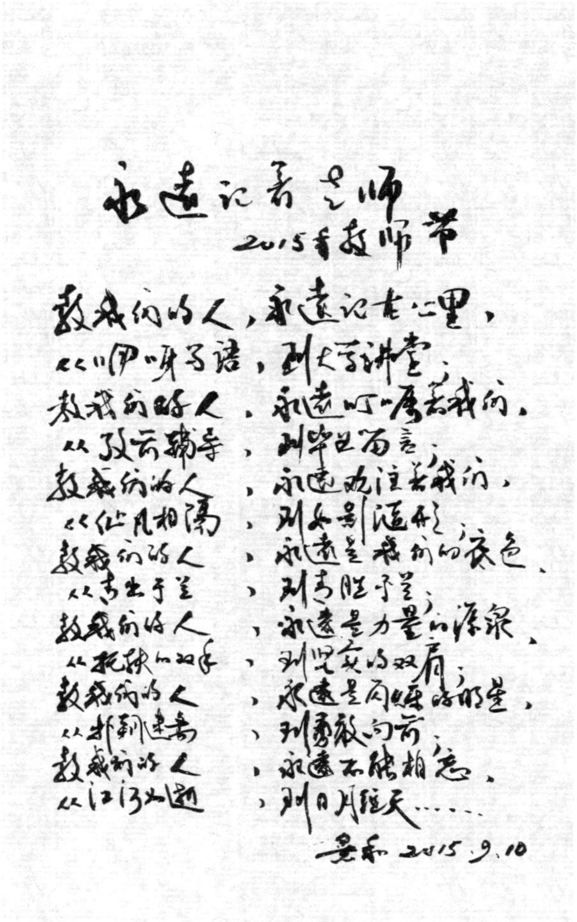

永远记着老师

2015年教师节

教我们的人，永远记在心里，
从咿呀学语，到大学讲堂；
教我们的人，永远叮嘱着我们，
从孜孜辅导，到毕业留言；
教我们的人，永远关注着我们，
从仙凡相隔，到如影随形；
教我们的人，永远是我们的底色，
从青出于蓝，到青胜于蓝；
教我们的人，永远是力量的源泉，
从托我的双手，到坚实的双肩；
教我们的人，永远是闪烁的明星，
从荆棘迷离，到勇敢向前；
教我们的人，永远不能相忘，
从江河如画，到日月经天……

昱和 2015.9.10

永远记着老师

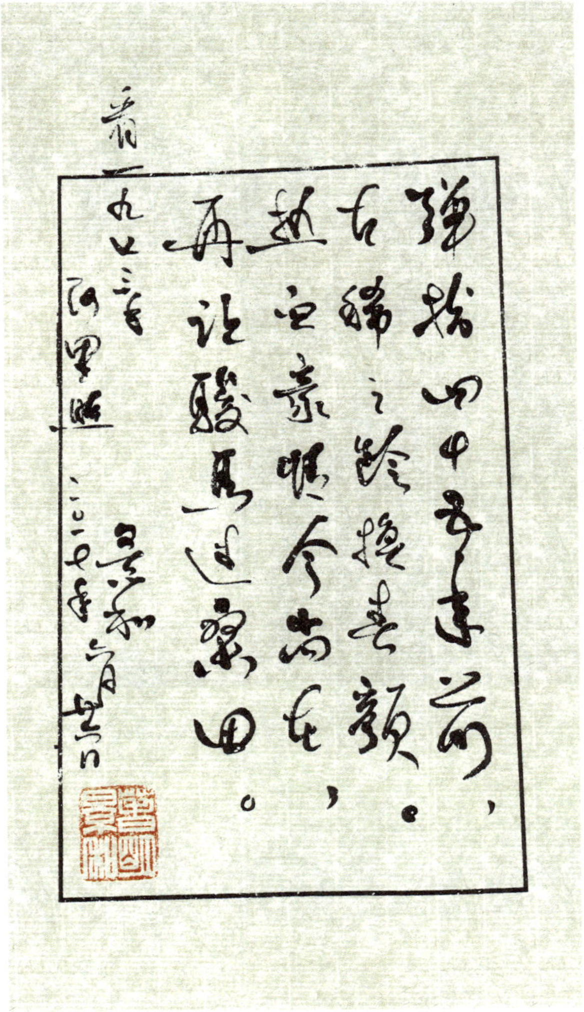

再让骏马过桑田

潘凌亚（后左三）、沈铿（后左四）博士毕业答辩

与“试管婴儿之父”罗伯特·爱德华兹（Robert G. Edwards，中）在一起

扫墓

想见音容云海间，
恰似谈笑在近前。
思念教诲几多时，
宛若聆听是昨天。

二〇一七年三月，又忆仙逝之师

四

游思录

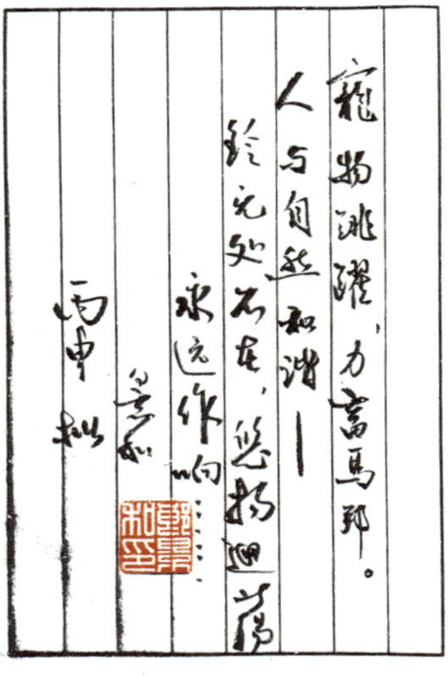

四方

海之歌

海滨

我不知道
　　是喜欢清晨，
　　还是喜欢黄昏？
清晨——
　　振奋，
黄昏——
　　迷人。
天未亮，
　　我跑到海边，
　　是为了迎接黎明；
夜已深，
　　我流连沙滩，
　　是为了送别迷蒙。
我奇怪地认为，
　　日月本是孪生姐妹。
不是说
　　太阳从海那边喷薄升腾；
不是说
　　月亮从海这边婀娜走来。

是不是
　　晨昏都由海来决定？
是不是
　　日月会在海上相逢？
我伫立在海边，
　　从清晨到黄昏，
　　从黄昏到清晨——
　　思索不停。

海问

我的脚步是沉重的，
那是海滩爱的吸力。

我走过的痕迹，
是被海热烈的吻抹平的。

瓦蓝的海，雪白的浪，
海到底是什么颜色？

潮退后，
海滩上留下水母、海星、贝壳……
是被海所抛弃，
还是它们对海的背叛？

贝壳与海

五颜六色的贝壳，
闪耀着美丽的光亮，
带来一缕梦幻般的遐想。
刻在贝壳上的是
海的颜色，海的情怀，
海的含蓄，海的气派。
我之所以爱它，
是因为它代表着海。

奇形怪状的贝壳，
散发着特有的芬芳，
引出一片醉醺般的激荡。
透过贝壳后面的是
海的孕育，海的慈爱，
海的奉献，海的力量。
我之所以爱它，
是因为它来自于海。

千变万化的贝壳，
展现着神秘的图画，
推入一曲玄妙的歌唱。
贝壳里可还有
海的柔情，海的容量，

海的忍耐，海的刚强。
我之所以爱它，
是因为它塑造于海。

路

道路太直、太平，
让人昏昏欲睡；
景物太枯、太燥，
让人欲睡昏昏。
车开向昏昏的不夜城，
人做着昏昏的黄金梦。

（赴拉斯维加斯路上）

快车不断地将白色的、
曲折的路标线——
拉直——

（赴南澳路上）

时间是一条河

时间是一条河，
有激流，也有漩涡。
久远的鸟瞰，
却平静得无浪无波。

时间是一条河，
沉淀了泥沙，荡涤着污浊。

逝者如斯!

谁也不能再一次从中走过……

新疆、阿里行（诗六首并序）

一九七三年夏，奉周总理指示，贯彻毛主席“六·二六”“把医疗卫生工作的重点放到农村去”的指示，支援边疆，作为第三批北京赴西藏阿里医疗队员离京。

取道新疆，经三天火车抵乌鲁木齐，然后乘汽车南下，途经托克逊、库尔勒、阿克苏、喀什，在叶城稍事整休，即翻越喀拉昆仑山，数不清的大坂、山口、兵站。从红柳滩到多玛，要在海拔四千五百米的高原上连续跑十六个小时。到达阿里地区狮泉河后，又分赴革吉、盐湖、改则、措勤诸县。

每日骑马巡回医疗，送医送药送温暖。阿里地广人稀，有时一天只能找到一两个藏家帐篷。也做手术、出诊。克服难耐的心慌、气短、头痛、饮食减退等高原反应，战胜严寒、风雪侵袭。藏族同胞之淳朴可爱，藏汉干部之热情诚恳，解放军官兵之可敬可亲，均为鼓舞鞭策之力量。

在阿里一年，对我等知识分子可谓艰苦卓绝之锻炼，有苦有乐，永志不忘。偶得几句以记之。

阿里行

飞车过大坂，
跃马掠荒原，
悬崖苦难攀，
千重险叠嶂，
百里无人烟。
砂风催疾走，
雹雨伴夜眠，

阿里
飞车过大板 跃马
冰河寒刺骨 悬崖
千重险叠嶂 百里
砂风催疾走 雹雨伴夜眠
骄阳似烈火 雪
犬吠惊寂寥 冷月愈增寒
糌粑能下肚 烧
羊圈好入梦 露天
仆仆尘勿洗
篝火冲天去 帐篷
只觉胸中暖
晕头没转向
迢迢送医药 苦乐
吟诗胸怀广 高歌心

阿里行

骄阳似烈火，
雪峰耀眼盲；
犬吠惊寂寥，
冷月愈增寒。
糌粑能下肚，
烧粪也自然；
羊圈好入梦，
露天觉更甜。
仆仆尘勿洗，
淋淋衣自干。
篝火冲天去，
帐篷缭黑烟；
只觉胸前暖，
哪管背后寒！
晕头没转向，
气喘不费难；
迢迢送医药，
苦乐非一般。
吟诗胸怀广，
高歌心更宽。

南疆路上

弥漫的黄沙，
希望的绿舟，
汽车像飞一样，

在红柳丛中出没。

车停在桑树林下，
一个维吾尔族老汉走出门来。
他戴着绣花的小帽，
古铜色的脸在夕阳下放着光彩。
他叫我们吃桑葚止渴解乏，
还爬上树去把果子采；
摇晃着树枝——
紫的、黄的桑葚雨点般落下来。

汽车向戈壁深处开去，
尘土冲卷车窗；
老汉摘下花帽、扬着手，
像铸的一般站在南疆路上。

初到托克逊

热得无处乘凉，
只好在井旁听老汉把火焰山的故事讲；
猴子在这里烧掉了屁股上的毛，
保护了取经的唐三藏。

膻气充满食堂，
羊汤像醇酒一样。
几个“约大西”围拢而来，

争夸自己的刀钢如何好、刃如何强。

也许是热得睡不着觉，
歌儿唱个没完没了，
流畅的“热瓦甫”之声
在夜空中旋荡。

打开门，张起窗，
地下一片月光。
悟空若能来——
随我一同进西藏。

繁华的阿克苏

美丽的阿克苏
你是南疆的明珠。
你给我的印象是
一个窈窕的维吾尔族村姑。

没有更多的装扮，
尘埃和喧嚣掩盖了你的容姿。
市中心广场的牌楼是你胸前的别针，
市郊毛织厂是你头上的发髻。
友谊公司并不让人眼花缭乱，
最吸引人的是彩虹般的花布；
一个小女孩叫着：我要花布做裙子！

那定是准备跳一支漂亮的舞。

维语《红灯记》把人们聚集在剧场门口，
戴红星的战士巡视着夜空的辽阔。
庄严的阿克苏，
你是南疆雄伟的哨兵。

狮泉河

白雪化绿水，
鱼黄草儿青。
秋深顽石出，
夏日消融融。
江中无征帆，
绵羊砥中流。
河畔寻渡船，
空听马嘶声。
鹰飞投大影，
鸭凫划小淙。
炮浪急复平。
枪响更寂宁。

山

千层岩崖聚迷雾，
万丛栉柱擎苍穹；
谷深泥沙冲黄庙，

峰巅霹雳卷玉龙。
野马扬烟蔽日晖，
雪鸡惊鸣露月清。
挥将山岭再高举，
俯瞰云天驾长空。

树满枝头的雨珠

像是腊梅绽放，
满树枝头的水珠，剔透晶莹。
昨夜一场淅淅沥沥的小雨，
清新了园林，焕发了心情。
是白珍珠、新祈愿、亮灯笼，
和我们一起，急不可待地把春天叫醒。

“红酥手，黄滕酒”，
真情是天地作成；
“满城春色宫墙柳”，
实意随日月俱增。

我多么企望，这雨珠不要掉落，
真的倏然不见，那一定是爱心的华升！

小雨将树枝挂满玉珠，蔚为壮观。
沈园有陆游的《钗头凤》，闻名遐迩。

二〇一八年一月二十一日，于绍兴

雨中（郎大夫与华大夫）

快乐

快乐无所不在
请在自然中寻得快乐：
　　在美丽的山野里，
　　在平静的海洋中。
请在友情中寻得快乐：
　　在共度愉悦的时光中，
　　在相互体谅的了解中。
请在家庭中寻得快乐：
　　在亲情与责任里，
　　在温柔的港湾中。
请在自身中寻得快乐：
　　在身体和心灵里，
　　在价值和成就中。
请在我们看到、听到、做到的
　　每一件事情里，
　　每一个活动中，
　　总可以寻得快乐！

（秋日读书，一佚名作，修改而成）

二〇一一年八月二十七日，于陋室

大桥之上（郎大夫与华大夫）

大江之上（郎大夫与华大夫）

向着一个方向

春华秋实（郎大夫赠华大夫）

郎大夫给女儿的生日条幅

银蛇（儿子给郎大夫的生日礼物）

咖啡之一

浓黑的琼浆，弥漫优雅韵味；
沉默的温柔，鼓动心灵飞翔。
浪漫的情调，写意生命甘苦；
神奇的回荡，淹没生活无常。

咖啡之二

灼热浇灌阡陌心田，
浅尝深酌思量万千。
氤氲香气纯如处子，
盈溢甘甜恰遇天仙。

濃里的瓊漿，
熬淡化雅韻味，
流照的濃束；
跳動心靈乳潮，
浪波的順調，
寫志生命甘苦，
神奇的四溢，
淹没生活無奈。

咖啡，

一千多年前非洲誕生辭典，
二〇一四年四月一日
費林記亦 石漢

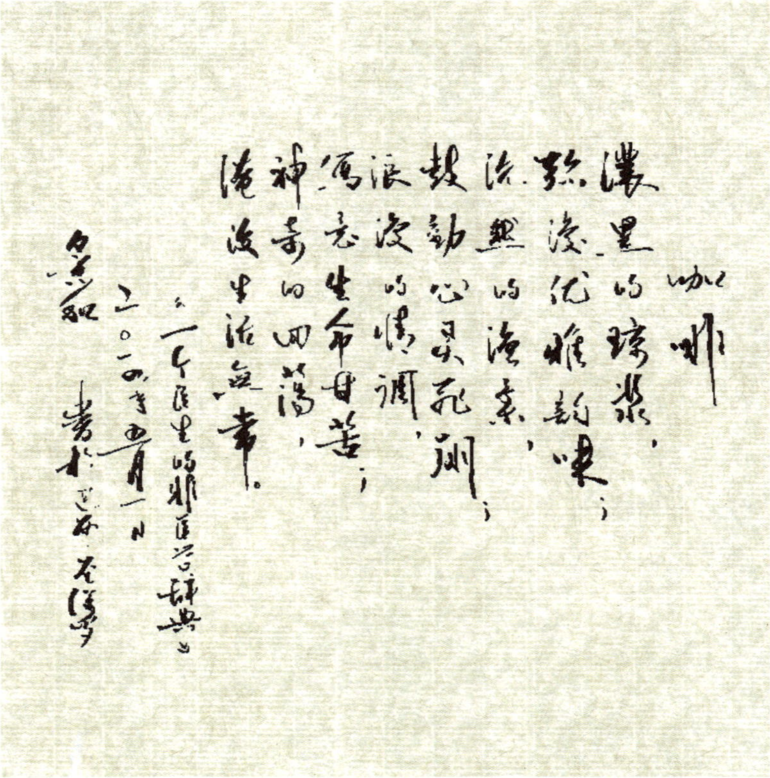

咖啡

我喜欢喝咖啡

水调歌头

——读郎教授《一个医生的哲学》有感

拈来皆好句，
雄雅透雍容。
半世春吟秋叹，
尽在信笔中，
刺贪、刺俗、刺官，
写景、写人、写情。
妙语到中庸。
依昔当年志，
热血洒疆城。

释“刀术”
侃“肿瘤”，议“生命”。
唤起科普春天，
伟然正医风。
谈“性”、谈“美”、谈“爱”，
讲德、讲善、讲真。
潇洒论功名。
杏林第一人，
我师胜“范曾”。

甲猛 二〇〇〇年二月二十八日于洛杉矶（Los Angeles）

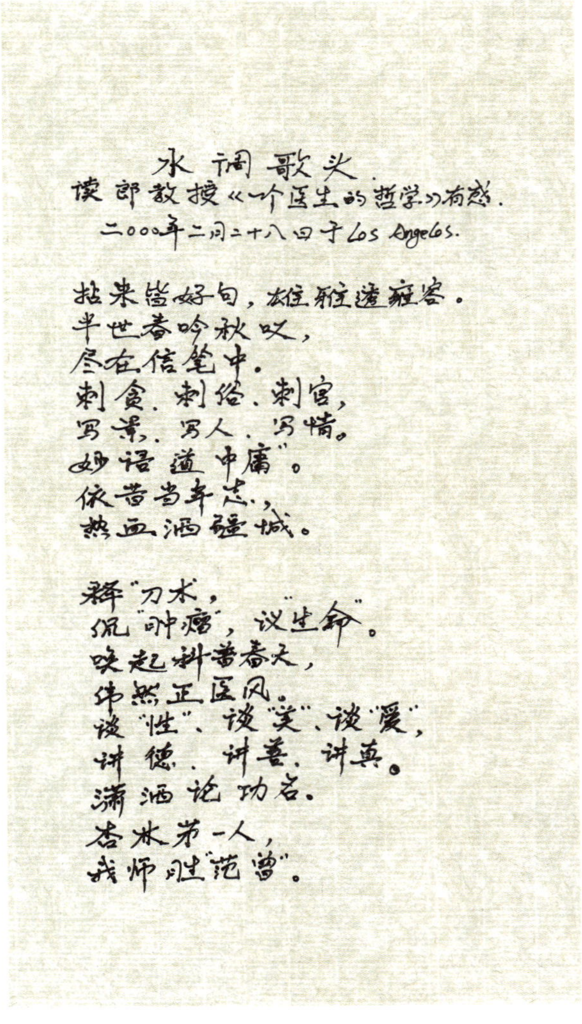
水调歌头
读郎教授《一个医生的哲学》有感.
二〇〇〇年二月二十八日于Los Angeles.

拈来皆好句，旋雅逸雍容。
半世春吟秋叹，
尽在信笔中。
刺贪、刺俗、刺官，
写景、写人、写情。
妙语道"中庸"。
依昔当年志，
热血洒疆城。

释"刀术"，
侃"肿瘤"，议"生命"。
唤起科普春天，
沛然正医风。
谈"性"、谈"美"、谈"爱"，
讲德、讲善、讲真。
潇洒论功名。
杏林第一人，
我师胜"范曾"。

耿甲猛大夫赠给郎大夫的词

水调歌头

——和甲猛韵

去国美利坚，
依旧齐鲁容。
耿直憨厚未曾变，
乡音在情中。
直来，直去，直说；
不卑，不亢，不阿。
率性岂平庸？
仿佛在水浒，
谁说在洛城。

善诗文，
有灼见，遵天命。
不畏挫折困苦，
凛然挺雄风。
真心，真意，真情；
敢爱，敢讲，敢做。
快乐赛功名。
休论胜与败，
英雄是甲猛。

景和于北京

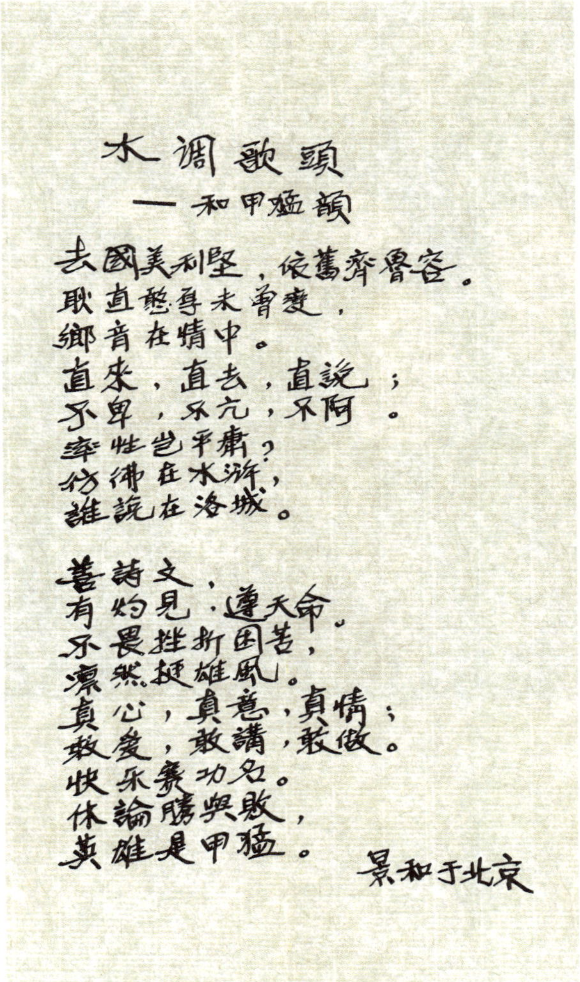

水調歌頭

——和甲猛韻

去國美利堅，依舊齊魯容。
耿直憨厚未曾變，
鄉音在情中。
直來，直去，直說；
不卑，不亢，不阿。
率性豈平庸？
彷彿在水滸，
誰說在洛城。

善詩文，
有灼見，達天命。
不畏挫折困苦，
凜然挺雄風。
真心，真意，真情；
敢愛，敢講，敢做。
快乐賽功名。
休論勝與敗，
英雄是甲猛。

景和于北京

郎大夫和耿甲猛大夫词

妇产科男声小合唱（1987 年），前排左起：耿甲猛、
吴鸣、沈铿、郎景和，后排右起：向阳、万希润

我们在读书中认识别人

读书让我们观察世界——
我们到过的地方很有限，
书籍为我们打开地图，
展现广阔画卷。
无论天上地下，古今中外，
外面的世界很精彩，
外面的世界也很无奈。

读书让我们了解社会——
我们经历的事情很浅显，
别以为这是纸上的文字，
那分明是前人、
旁人的辛勤实践。

读书让我们认识别人——
我们接触的人，
多数在划定的群圈。
他们已经十分熟稔，
但很难断定亲密无间；
更有似曾相识，
更是叵测心田。
还有完全陌生者，
突然站在你的面前……

我们当以同怀视之，
但连猜度知己都很困难。

水浒一百单八将，
性情迥异，连说话都有不同的怪异。
大观园老中少三代，
或者相信“混账语”，或者相信“金玉良缘”。
从儒家的“四书”“五经”，
到泰戈尔的《游思》《飞鸟》；
从奥古斯丁的《忏悔录》，
到鲁迅的《阿 Q 正传》，
我们应该领会的，
归根结底是识人、辨人
和做人的箴言。

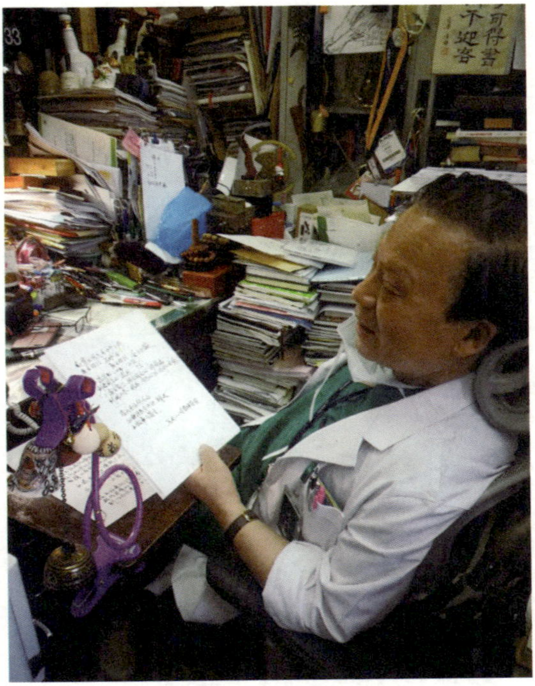

不知是在休息，还是在工作

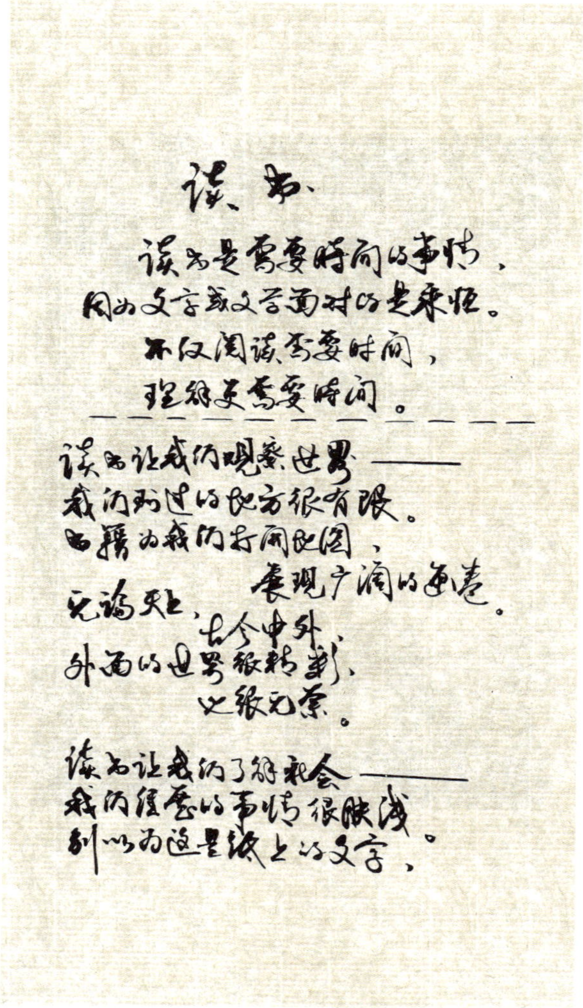
读书

读书是需要时间的事情，
因为文字或文学面对的是永恒。
不仅阅读需要时间，
理解更需要时间。

读书让我们观察世界——
我们到过的地方很有限。
书籍为我们打开地图，
展现广阔的画卷。
无论天上，
古今中外，
外面的世界很精彩，
也很无奈。

读书让我们了解社会——
我们经历的事情很肤浅
所以为这些纸上的文字。

读书

那分明是前人、旁人的
辛勤实践。

读书让我们认识别人——
我们接触的人
多数在划定的群圈。
他们已经十分熟稔
但很难断定亲疏之间；
更有似曾相识，
或者泛浏心田；
还有陌生者，
突然站在你的面前……
我们当以同怀视之，
但进猜度知己却很困难。

水浒梁山一百单八将，
性情迥异、有的宽厚、有的狂狷。

我们在书写中认识自己、反省自己

书写是一种考量和锻炼——
从主题和题材设计
到遣词造句，
考量的不仅仅是文字的
斟酌和推敲，
更有思想的淬火和锻造。
一篇华章，皓首穷经，
不尽的辛劳；
一段美文，地作天成，
无穷的乐陶。
我们在书写中查看
自己的经历、学识和能力，
我们在书写中阅读
自己喜欢的频道。
书写是一种反省和检讨——
生活有平顺和坎坷，
来去匆匆，甚至无处寻找；
事业有成功和失败，
上下茫茫，甚至无时咀嚼。
“一日三省吾身”
是最好的备案和修道；
学习笔记
是最好的总结和提高。

我们把书写看作
庄严的自我感验的宣告，
我们把书写看作
与知心朋友坦诚的话聊，
我们把书写看作
对上苍神圣的祈祷，
我们把书写看作理容整冠，
走向新程的号角……

不应……不该……

这个世界当然有很多美好，
但我们却常常看到灰暗；
这个世界当然好人居多，
但我们时时遇见人的不善。
我们本不该有什么设防，
而难免遭遇明枪或者暗算。
我们心怀坦荡与真诚，
回报可能是狡诈与欺瞒。
父辈自幼教诲我们
要厚道与宽容，
而今做了父辈的我们
还很狭隘与肤浅。
也许，我们不该计较
精神与现实的分裂；
也许，我们不应制造

外科手术如同战事一样——
外科手术如同用兵一样——战略战术
外科手术如同疆场一样——令行禁止
外科手术如同布阵一样——知己知彼
术如同运筹一样——道法天行

书房

办公室

局部与全局的混乱。
我们期盼，风花雪月的
多情播撒；
我们祈祷，日月星辰的
无私照耀。

占有

——你占有得越少，就越少被占有。

我们总企望占有，将欲望当作一种追求。
须知，你占有了它，它也占有了你：
你占有了电视机，
电视机也占有了你—— 它规定了你每晚的视觉天地；
你占有了房子，
房子也占有了你—— 它划界了你的范围，你成了它的囚徒和奴隶；
你占有了汽车，汽车也占有了你——
你得以快捷，却不能安步；
你占有了金钱，金钱也占有了你——
你为此辛苦恣睢、腐败堕落；
你占有了权力，权力也占有了你——
它可能泯灭了天性，催生了恶劣；
你占有了名利，名利也占有了你——
你可能迷途，你可能失落；
你占有了情人，情人也占有了你——
彼会使你快慰，也会使你沉沦。

海边

風輕雲淡是心情
水清嵐秀物皆真诚

为震宇学生随父紫宇之新居题
二○○九年春 景和

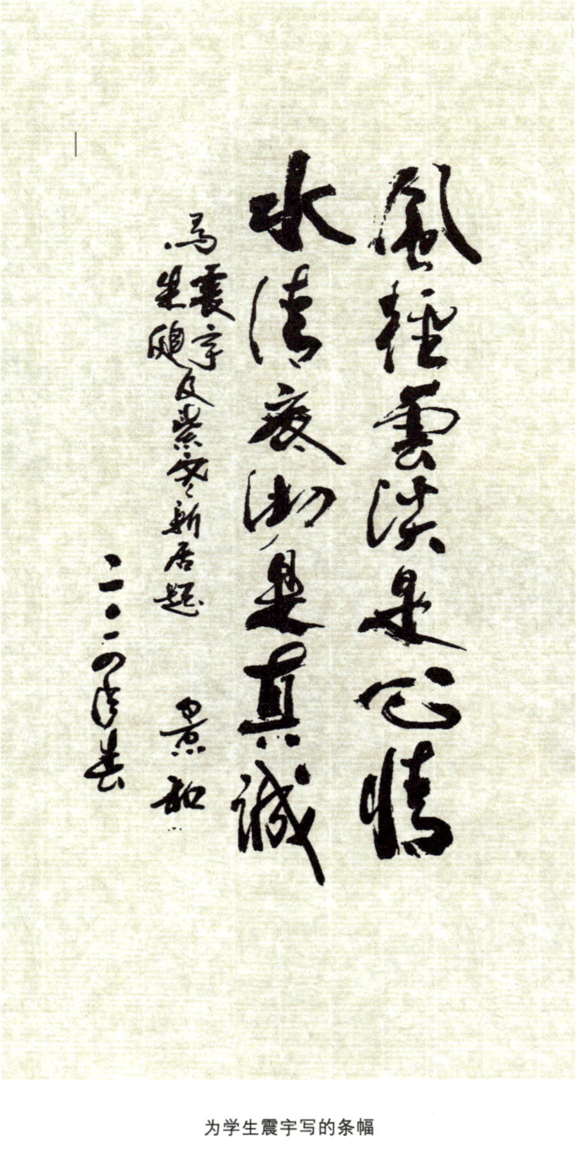

为学生震宇写的条幅

我们总是企望占有，却常常忽略，占有的危机。
不能随心所欲，与能够随心所欲——
都同样可能酿成悲剧！
最好把占有视为君子之交的朋友——
能够自然、自由、自省地拥有。

生活

为什么满怀悲伤？
生活如此美好。
为什么轻言放弃？
生活每日延续。
为什么总是哭泣？
生活充满欢歌。
为什么不忘仇恨？
生活是为了爱。
为什么不停诅咒？
生活渴望祝福。
为什么喜欢说谎？
生活原本真实。
为什么一直忍受？
生活要去挑战。
为什么心虚胆怯？
生活应有信心。
为什么安于失败？
生活总会成功。

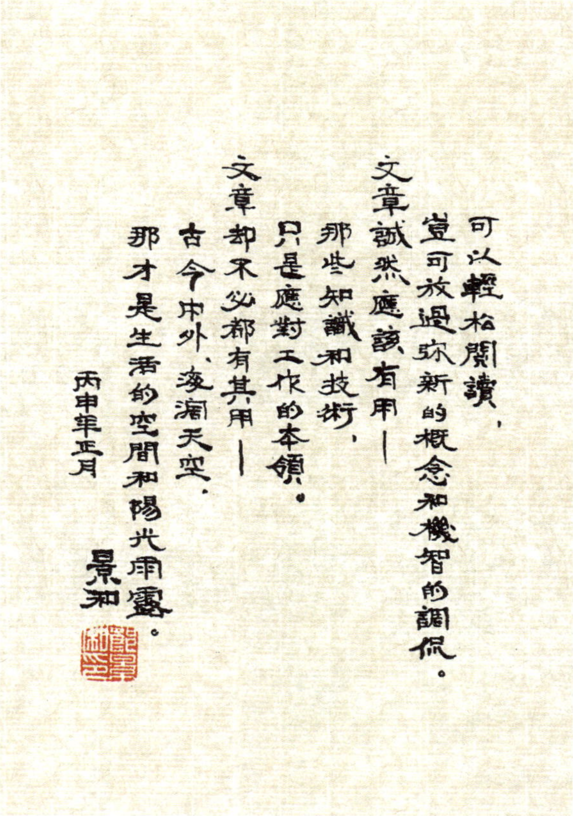
可以輕松閱讀，
豈可放過你新的概念和機智的調侃。
文章誠然應該有用——
那些知識和技術，
只是應對工作的本領。
文章卻不必都有其用——
古今中外、海闊天空。
那才是生活的空間和陽光雨露。
丙申年正月
景知

文章原来可以这样读

文章原來可以這樣讀

文章如人生——
可以信手拈來
却不可隨性拋舍。
文章最好是經典，——
應該正襟危坐
領悟的是哲理和神圣。
文章也會有雜記和小品——

为什么动辄气恼？
生活呼唤谅解。
为什么放眼阴暗？
生活一片光明。

（二〇〇八年冬，笔记）

文章原来可以这样读

文章如人生——
可以信手拈来，
却不可以随性抛舍。
文章最好是经典——
应该正襟危坐，
领悟的是哲理和神圣。
文章也会有杂记和小品——
可以轻松阅读，
岂可放过弥新的概念和机智和调侃。
文章诚然应该有用——
那些知识和技术，
只是应对工作的本领。
文章却不必都有其用——
古今中外，海阔天空，
那才是生活的空间和阳光雨露。

（丙申年正月）

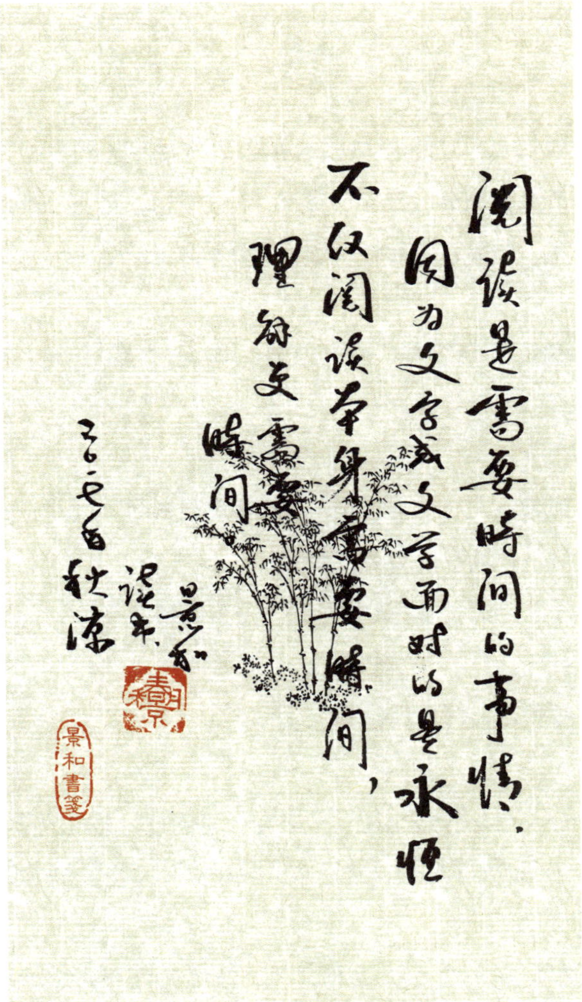

阅读是需要时间的事情，
因为文字或文学面对的是永恒
不仅阅读本身需要时间，
理解更需要时间
景和書箋

阅读

吉祥

铃赋

余收集铃铛已三十余年矣，从喜欢到钟爱，从欣赏到崇拜。当初，将铃定位于指引、祈福、吉祥、召唤；现今看，已远不止如此。

深情之意、感慨之语与日俱增。乃作赋以记之。

铃是指引，铃是祈福，铃是吉祥，铃是召唤；铃是声响，铃是形象，铃是多彩，铃是神魂。

从清晨到黄昏，从夜半到晌午；从春夏到秋冬，从新元到圣诞。

铃带来欢乐、愉悦、希望、梦想。

古今中外，圣殿学堂；宠物跳跃，力畜马帮。

铃无处不在。

人与自然和谐，铃永远作响。

铃是指引。无论大路小径，可驱前，可通幽；无论码头驿站，可引导，可停歇；无论火车轮船，或巨吼，或轻飏，总会找到方向。

铃是祈福。高塔之上，飞檐之垂；鼓楼香灶，庙宇教堂。铃声幽远，福祉四方。

铃是吉祥。熏风和煦，铃声随着紫气东降；电闪雷鸣，铃声带来抚慰安康。

铃是召唤。叫亲朋、叫好友、叫同事、叫儿郎；唤集结、唤稍息、唤起始、唤远航；呼欢乐、呼胜利、呼新程、呼前方。

铃传声响。有铃有铛，始为铃铛。有的清脆，有的委婉；有的明快，有的遥远；有的形成音符节拍，有的和谐美妙歌唱。摇动它，可独舞自乐；摇动它，可加入壮阔的交响。

铃现形象。千奇百怪的形状，令人叹为观止；五色斑斓的颜色，让人惊艳绝伦。有以地标展示家乡风采，有以祥物意蕴企盼；有以特色承袭传统，有以别样立异标新。铃是美女，千姿百态，惹人喜爱；铃是帅男，矜持儒雅，可心钦羡。

铃是多彩。人们多知道瓷铃、铜铃、玻璃铃，却少知金铃、陶铃、琉璃铃，还有石铃、木铃、草铃，更有银铃、玉铃、八音铃……铃的大千世界，即是人间万象变化，丰富多彩、迷幻无穷。

铃有神魂。教堂的铃声长远，法事的铃声间断，人们的祈愿与神魂相伴。那是一种期许，那是一种寄托，岂在能否实现！或者是非凡的仪式，或者是奇特的崇拜，只在美妙无限！那铃声的婉约不正是缠绵的梦魂？那庄严的悬空不正是崇高的神明？是的，是的，心中的所念便是神，意中的所思即是魂。铃表达的是纪念，铃含蓄的是恩典。

铃还是文化、艺术与哲学。古今中外，东南西北，有铃的历史印记，有铃的现实折射。从阿拉伯的伊斯兰绿到葡萄牙的鸡冠红，从柬埔寨吴哥窟精小的手工竹劈到阿根廷硕大的红土陶坯；从丽江古城布农的铃铛工厂到温哥华港口的沙铃商店。文化的差异，艺术的争艳，深藏的哲念。尼泊尔是佛教之国，是庙宇之国，也是铃铛之国。南非的木铃，依然朴实；法国的瓷铃，更加浪漫。意大利威尼斯晶莹剔透的玻璃铃表现的是工艺，韩国串珠闪亮的铜铃炫耀的是特产。礼品店有礼品店的好，古玩店有古玩店的妙。好便是妙，妙便是好。

我们喜欢铃，多彩愉悦，心情振奋。谁说玩物可以丧志，那分明是正能量的强大助力。

我们崇尚铃，在于铃震动世界、震动社会、震动人群；它荡涤思想、荡涤行动、荡涤灵魂。

我们收集铃，是积蓄智慧、积蓄匠心、积蓄幸福，是丰富兴趣、陶冶情操、矫正方向。

我们摇动着铃，或清风吹拂，去看、去听、去想象；跟随着它，去神游、去俯瞰、去翱翔；去体会美好，去感受壮阔，去想象辽远。

对于铃，不是宠爱，是崇拜；不是玩赏，是遐想。它与生命力共舞，它与创造力同航。

铃就是我，我就是铃。

在美好和谐的自然里，在精彩无奈的世界中，在善恶相悖的人群间。

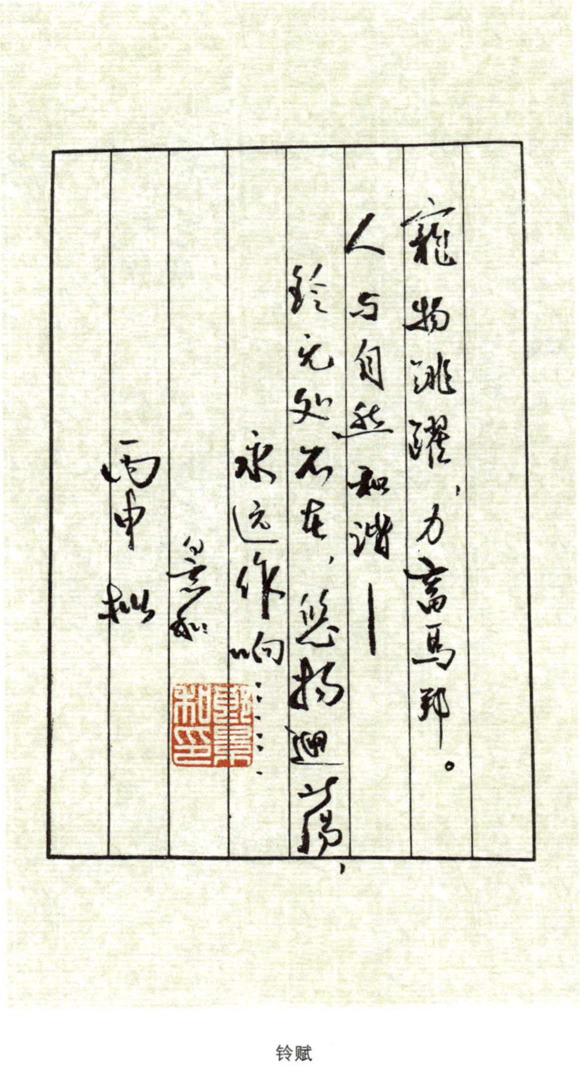

铃赋

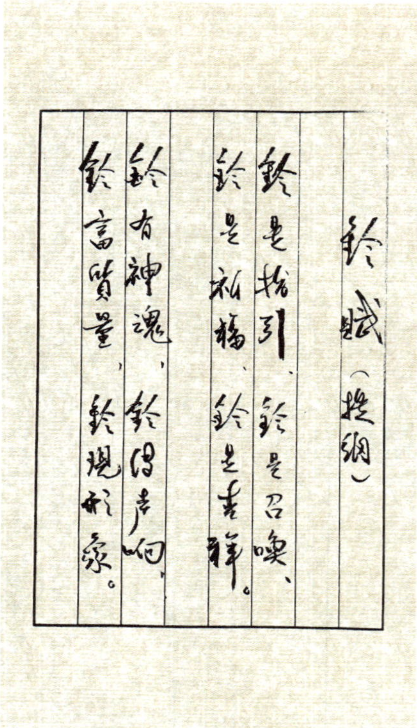

铃赋（提纲）
铃是指引、铃是召唤、
铃是祝福、铃是吉祥。
铃有神魂、铃得声响、
铃富质量、铃规形象。

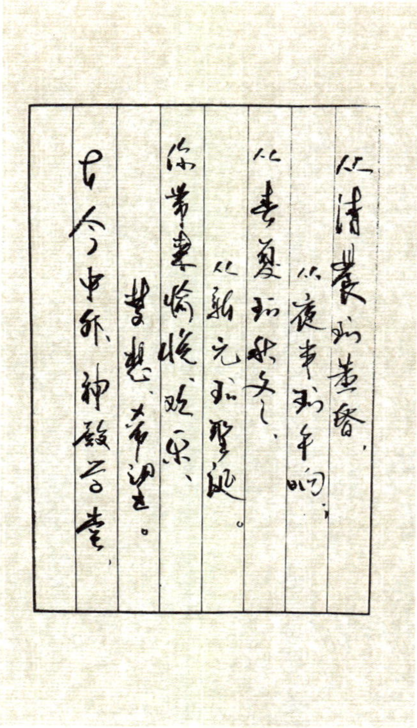

从清晨到黄昏、
从夜半到午晌、
从春夏到秋冬、
从新元到圣诞。
你带来愉悦欢乐、
梦想、希望。
古今中外、神殿会堂、

铃赋

摇山摇水摇铃铛，敬天敬地敬乾坤。

逝者如斯夫，唯有铃声不断。

（二〇一七年八月）

左上：庙宇飞檐上的铃铛

右上：教堂的铃铛

左下：香炉上的铃铛

上图：小窗户上的铃铛

下图：刺绣铃铛

上海玉佛寺觉醒大和尚书写“吉祥铃家”

太阳

我崇拜你——

　　无限的光辉、无尽的热量。

跟着你——

　　有了目标、有了方向。

面对你——

不能有一丁点儿苟且隐藏。

　　虽然我不敢，也不能一直注视着你——

是因为我相信你永恒的光芒。

（丁酉春）

月亮

不是因为黑夜你才出现。

我从未怀疑你会消失，尽管在白天。

无论雨雪雾霾，

我一直相信你的存在。

你给予我的是：

美好与梦幻，

宽容与仁爱。

总有阴晴圆缺——

那是你教我期望与等待。

（丁酉春）

星星

小时候，夜空是满满的繁星，
年纪大了，星星也像牙似的掉落，
没有了灯笼——
笼罩的是迷蒙，
模糊的是情景。
我期盼清凉的风、湿润的雨——
吹散雾霾，拭亮眼睛。

（丁酉春）

普陀观海偶见流星

啊，流星——
为什么不待在天庭？
一定是犯了错误，
被贬到人间凡境。
啊，流星——
别以为人间安宁。
其实，
比天上还不太平。
啊，流星——
风风火火匆匆过，
是做最后的奉献，
还是无可奈何的悲鸣！

（二〇一八年一月十九日　二十三时）

五

后记

我之所以具有这种本性，应该感谢人类灵魂的圣经：科学、理智的诗；艺术：感情的诗。

书高尔基句

二〇一一年六月 鲁和

一本书要出版，总有一些想让读者先知道的话，这便是前言——我一直强调，看书先看前言。还会有些话，是想表达一下成书后的未尽之意，这便是后语或后记——我也认为这后记也是不应该漏掉的。

我在这里想强化一个概念或观念，就是“意象”。这缘起于我和著名艺术家、书画大师尹沧海先生的一次讨论。意，指艺术家的主观情感，对作品意境的理解、把握、动念；象，是客观形象、描绘对象，甚至是哲学概念，譬如老子《道德经》云“大象无形”，艺术家亦可“得意忘形”。所以，可以认为，“意”是主体，“象”是客体，“意象”就是主客观结合所形成的“形象”。《易经·系辞》“立象以尽意”是之谓也。

艺术家通过“意象”创作了艺术作品，而医生也可以，甚至必须通过“意象”，才能很好地完成诊断治疗。

试想，我们从病史、主诉、症状、体征、检查，到形成印象（以前病历常用 impression，这与意象 image 已经接近了），进而诊断。继而制定治疗方案，包括手术设计、手术发现、操作过程，以及随诊处理等，都应该有一个清朗的意象，形成完整的图解。这个过程与艺术家的创作完全一样！诚然，我们是在人体上（不是模特上）完成的，“医生是在一个活的机体上完成艺术作品的雕塑家”。我们在生命中，或者我们使生命保持真、善、美！

亦如著名美学大师朱光潜先生的名言：“美不在心、不在物，而在于心物联系中，是意象的存在。”

可以说，这也为医学、医疗和医生，或者怎样做医生、成为怎样的医生，提出了新的、更高的要求。作为真、善、美集中表达的医学和医生，必须有意象观念、审美意识、哲学理念和人文修养，显然不仅仅是知识和技能。

我一直以为学习艺术、文学对于医生是一种职业训练；研究哲学、人文对于医生是一种品质培养。爱因斯坦说：“仅仅以专业教育是不够的，那只能成为机器，不能成为和谐发展的人。”我的这本小书，就是尝试与广大同道展开翅膀，在天空俯瞰大地，体验辽远、广阔、壮美之境。那才是医学和医生的境界，也是意象也！

每一个医生对其所置身的世界应该有诗和美的注视、凝望和眷顾，对病人充满体谅、关爱和负责。不断提升我们的职业洞察、职业智慧和职业精神。

郎景和

二〇一八年春